Dacia Maraini

Trio

DACIA MARAINI
TRIO

Roman

Aus dem Italienischen von Ingrid Ickler

TransferBibliothek
FolioVerlag

„Trennung, ist *nicht* Zeit, ist *nicht* Weg;
Trennung ist eine Brücke zwischen uns,
dünner als jedes Haar,
und schärfer als jedes Schwert.
Trennung ist eine Brücke, aber wird sie halten?
Wie kann man diese Trennung nennen,
die unser Herz traben lässt wie ein Pferd?“

Nâzım Hikmet

„Ich wollte den Postboten träumen
mit einem Brief in der Hand,
doch ich hab den Postboten geträumt
ohne Hand.“

Vivian Lamarque

„Man könnte Gedanken Preise anheften.
Manche kosten viel, manche wenig. …
Und womit zahlt man für Gedanken?
Ich glaube: mit Mut.“

Ludwig Wittgenstein

4. Mai 2020

Liebe Leserin, lieber Leser,

einige erklärende Worte vorweg, wie dieser kurze Roman das Licht der Welt erblickt hat.

Während ich Mitte der 1980er-Jahre für *Die stumme Herzogin* recherchiert habe, bin ich auf eine Chronik der Pest in Messina gestoßen. 1743 war ein schlimmes Jahr, in dem, wie der Historiker Orazio Turriano berichtet, am 20. März eine Tartane, ein kleines Segelschiff, aus Griechenland kommend, in Messina anlandete. Es hatte Stoffe geladen. Der Hafenmeister fragte, wie viele Seeleute an Bord seien, und der Kapitän gab die Zahl mit zwölf an. Aber beim Nachzählen waren es nur elf. Der Beamte fragte nach und der Kapitän antwortete, dass einer der Matrosen auf der Reise an einer Herzkrankheit gestorben sei. Den anderen ginge es gut, es sei alles in Ordnung. Aber der Hafenmeister ließ sich nicht täuschen und verhängte eine Quarantäne über die Besatzung. Ein in jüngster Zeit vertraut klingender Begriff, der vom italienischen *quaranta*, vierzig, stammt. Schiffe und ihre Besatzung werden vierzig Tage lang isoliert, um die

Ausbreitung von Krankheiten zu verhindern. Zwei Tage später wurde der Kapitän des Schiffes krank und starb. An seinem Körper fanden sich Anzeichen dafür, dass er an der Pest erkrankt war. Das Schiff wurde umgehend konfisziert. In der Zwischenzeit erkrankten weitere Mitglieder der Besatzung. Trotz Quarantäne verbreitete sich die Krankheit in Windeseile und griff auf die Bevölkerung Messinas über.

Nach wenigen Wochen war die Lage außer Kontrolle, auch wenn die Stadtverwaltung drakonische Maßnahmen ergriff, um die Epidemie aufzuhalten. Die Menschen flohen aufs Land, mit der Folge, dass sich die Pest auf der ganzen Insel verbreitete. Glücklicherweise war der Krankheitsverlauf außerhalb der Stadt nicht ganz so schwer und es gab nur wenige Tote.

In *Die stumme Herzogin* habe ich davon nichts erzählt, weil es mir am Thema vorbeizugehen schien. Aber losgelassen hat es mich nicht. Und als mein Freund Vincenzo Drago aus Bagheria mich fragte, ob ich nicht etwas hätte, das er in seinem kleinen Verlag veröffentlichen könnte, beschloss ich eine Geschichte zu schreiben, die zu Zeiten der Pestepidemie spielt. Eine Liebesgeschichte, denn damals lebte ich in einer komplizierten Beziehung.

Die Geschichte erschien 2006 unter dem Titel *Un sonno senza sogni* (Ein traumloser Schlaf). Es war ein schmaler Band, der von Lucio Del Pezzo, Giosetta Fioroni, Fausto

Gilberti, Lucia Pescador, Concetto Pozzati und Tino Stefanoni illustriert wurde.

Vincenzo Drago, Verleger und Journalist aus Bagheria, war ein ganz besonderer Mensch, einer dieser Sizilianer, die der Insel Ehre machen. Ein aufrichtiger und freundlicher Mann, der gegen die Mafia und üble Machenschaften in unserem schönen Bagheria gekämpft hat. Auch deshalb habe ich ihm gerne diesen Gefallen getan.

Das ist viele Jahre her, Vincenzo ist inzwischen leider gestorben und auch die Geschichte der beiden Frauen, die in denselben Mann verliebt waren, war aus meinem Gedächtnis verschwunden.

In diesem Jahr war ich im Februar auf Sizilien und habe dort an Schulen gelesen. In diesem Zusammenhang habe ich Bagheria, Casteldaccia und Messina besucht. Als die ersten Nachrichten über diese seltsame Krankheit aufkamen, die sich in China rasant verbreitete, ist mir diese Geschichte über die Pest aus ferner Zeit wieder eingefallen.

Als ich dann gelesen habe, dass das Virus auch in Mailand grassierte und Menschen an einer schrecklichen Lungenentzündung starben, habe ich den Text wieder zur Hand genommen und ihn überarbeitet. Unterdessen stieg die Zahl der Infizierten weltweit dramatisch an und man begann von einer Pandemie zu sprechen. Mir kamen gewisse Parallelen dieser Krankheit mit der Pestepidemie in Messina in den Sinn, die schon damals von sizilianischen Historikern präzise beschrieben worden war.

Natürlich gibt es elementare Unterschiede: Im 18. Jahrhundert wusste man nicht so viel über Viren wie heute und man nahm an, dass die Pest von den fauligen Ausdünstungen stehender Gewässer verursacht wurde, aber die Gegenmaßnahmen waren die gleichen: Isolierung der Kranken, Unterbrechung der Übertragungswege, Verbot von Menschenansammlungen jeglicher Art. Die Tartane, die die Pest nach Messina eingeschleppt hatte, wurde am Strand verbrannt, nachdem man sich sicher war, dass von ihr alles ausgegangen war. Und auch damals suchte man nach Schuldigen. Die Geschichte wiederholt sich, trotz aller Fortschritte in der Medizin und der Befreiung der Sitten. Damals sprach man von geheimnisvollen und bösartigen Giftsalbern, heute spricht man von China. Gegen das Bedürfnis, jemanden auszumachen, auf den man die Schuld abladen kann, scheint man sich nicht wehren zu können. Das liegt in der Natur der Sache, denn es ist einfacher, einen sichtbaren Feind mit mörderischen Absichten zu bekämpfen als einen unsichtbaren. Natürlich gibt es bei näherem Nachdenken durchaus Verantwortliche, nicht direkt, aber indirekt. Es sind diejenigen, die zugunsten des schnellen Profits das ökologische Gleichgewicht in Gefahr gebracht haben, ohne an das Wohl des Planeten zu denken. Diese

Erkenntnis sollte die eindringliche Mahnung zum Umdenken sein. Aber bequemer ist es natürlich, einen bekannten Schuldigen mit niederen Instinkten auszumachen, den man angreifen und beschimpfen kann.

Das Schreiben ging mir, dank allem, was ich bei der Recherche für *Die stumme Herzogin* über Sizilien im 18. Jahrhundert gelernt habe, leicht von der Hand. Ich hoffe, dass es mir gelingt, den Leserinnen und Lesern die tiefen Gefühle zu vermitteln, die ich beim Schreiben dieses Buches empfunden habe.

Mit herzlichen Grüßen, Dacia Maraini

Messina, 5. Mai 1743

Liebe Annuzza,

als ich gestern an einem Kleid für meine kleine Tochter nähte, kam Crocifissa angerannt, schweißgebadet und völlig außer Atem rief sie mir zu, dass sie auf der Straße über eine tote Maus gestolpert war. „*U mussu coperto ri sangu*, ganz blutig, fast wäre ich draufgetreten.“ Entsetzt erzählte sie, dass die Mäuse, die aus den Kloaken heraufsteigen, krank wären und infizierte Flöhe auf sich tragen würden. „Die Flöhe sind wie Fledermäuse, saugen sich an den Menschen fest und machen auch sie krank, verstehst du?“

Dass Mäuse die Pest übertragen, habe ich nicht gewusst. Der letzte Ausbruch in Messina war vor meiner Geburt. Meine Mutter hat oft darüber gesprochen, aber Mäuse hat sie nie erwähnt.

Ich habe versucht, Crocifissa zu beruhigen, aber sie war so aufgewühlt, dass sie kein Wort mehr herausbrachte.

Dann habe ich ihr einen Tee aus Oregano und Malven gemacht. Obwohl sie danach etwas zur Ruhe kam, war sie nicht imstande, sich um das Abendessen zu kümmern. Schließlich habe ich sie mit ein paar Tropfen Laudanum zu Bett geschickt.

Als Girolamo nach Hause kam, habe ich ihm von der Maus und Crocifissas Ängsten erzählt. Er meinte, das seien alles Hirngespinste einer überspannten Frau. Messina sei so belebt und geschäftig wie immer und wegen einer toten Maus müsse man sich keine Sorgen machen.

Ich habe ihm eine Gemüsesuppe mit Zwiebeln und *Giri*, dem hiesigen Mangold, gekocht. Danach hat er mich nach einem Nachtisch gefragt. Ich habe ihm gesagt, dass es keinen gibt, weil Crocifissa sich ins Bett gelegt hat. Aber dann ist mir der Rest Cassata eingefallen, der vom Besuch der Patanés übrig geblieben war. Er hat sie regelrecht verschlungen, ich glaube, er hatte nicht zu Mittag gegessen. Hin und wieder ist er in Gedanken versunken und ich weiß, dass er dann an dich denkt. Ich frage nicht nach, ich will nicht, dass er lügen muss. Es schmerzt mich, wenn er so abwesend ist. Aber es sind immer nur Momente, am selben Abend hat er mich mit Küssen und Zärtlichkeiten überschüttet.

In Liebe, Agata

Palermo, 17. Mai 1743

Liebe Agata,

die Geschichte mit der toten Maus hat mich sehr beunruhigt. Schau, Crocifissa hat recht. Die letzte Pestepidemie hat nämlich auch mit Massen an toten Mäusen begonnen. Pass auf, wohin du gehst. Die Krankheit ist sehr ansteckend. Wenn ich an eurer Stelle wäre, würde ich mich eine Weile aufs Land zurückziehen. In Fällen wie diesen kann man nicht vorsichtig genug sein.

Girolamo ist hin- und hergerissen, was uns beide angeht, das weißt du ja. Auf der einen Seite die Ehefrau, die beste Freundin der Ehefrau auf der anderen. Er weiß, dass wir uns schreiben und über seine Gefühle Bescheid wissen, aber an die Aufrichtigkeit unserer Freundschaft scheint er nicht zu glauben. Seiner Meinung nach können zwei Frauen, die denselben Mann lieben, nur an Gift oder Dolch denken. Wie soll man einem Mann erklären, dass echte Freundschaft die Eifersucht überwindet und wie eine Blume auch auf steinigem Boden gedeiht. Vielleicht vom Wind zerzaust und ein wenig schief, aber mit langen Wurzeln und prachtvollen Blüten? Wenn man liebt, wünscht man sich, dass es dem Menschen, den man liebt, gut geht, ist es nicht so? Ich wünsche ihm das Beste, aber auch dir. Deshalb wehre ich mich auch nicht dagegen. Ich werde einen Weg finden, mit der Situation zurechtzukommen, auch wenn es hin und wieder wehtut.

Antworte mir bald, bitte.

Wie stets, in Liebe, Annuzza

Castanea, 28. Mai 1743

Liebe Annuzza,

seit ich dir das letzte Mal geschrieben habe, ist einiges passiert. Schon bald lagen in allen Straßen Messinas tote Mäuse. Das Wort „Pest“ machte die Runde. Aber noch hat die Stadtregierung nichts dazu gesagt. Crocifissa hatte recht und auch du mit deiner Warnung.

Nachdem Girolamo zwei Leichen gesehen hatte, die man auf der Straße zum Friedhof einfach liegen lassen hatte, beschloss er, dass wir mit unserer Tochter nach Castanea gehen, bis diese Epidemie vorüber ist. Weit weg von der Stadt, in die Berge. Inzwischen sind wir dort und leben abgeschieden in einfachsten Umständen, als zahlende Mieter bei einer gewissen Signora Cannavò. Es fehlt vor allem an Milch und Brot. Zum Glück hat Girolamo einen Vorrat an Gemüse und Pasta mitgenommen. Tag für Tag gibt es Pasta und Bohnen, Pasta und Kichererbsen, Pasta und Linsen. Große Auswahl haben wir nicht. Gestern kam ein Bauer mit frischen Feigen vorbei. Ich wollte gerade welche kaufen, als Crocifissa mich zurückgehalten hat: „Und wer hat die Feigen gepflückt? Welche Hände haben sie berührt? Man weiß nie! Das ist zu gefährlich.“ Sie war sehr aufgebracht und ich habe keine gekauft. Mariannina, die von all dem nichts versteht, hat zu weinen begonnen, sie wollte so gerne Feigen essen. Schon seit Tagen haben wir kein frisches Obst mehr und wir alle vermissen es sehr. Das Wasser kochen wir immer ab, aber die Angst vor der Ansteckung wird immer mehr zur Besessenheit. Auch wenn hier in Castanea bis jetzt keine Fälle aufgetreten sind und der Zugang zum Dorf abgesperrt ist, kommt doch immer mal jemand vorbei: Der Bader, der Wasserverkäufer, der Apotheker und der Briefträger haben freien Zugang. Was den Letzteren betrifft, zum Glück, sage ich mir, denn sonst würde ich deine Briefe nicht bekommen.

Ich umarme dich, Agata

Casteldaccia, 7. Juni 1743

Liebe Agata,

auch hier in Palermo sind tote Mäuse aufgetaucht. Mich schaudert es. Aus Vorsicht habe ich mich nach Casteldaccia zurückgezogen, zusammen mit dem Kindermädchen Giuseppa und Maria Concetta, der Schwester mit dem Hinkebein. Du hättest mal den Wagen sehen sollen, wir obenauf und all das Gepäck, das fast herauszuquellen drohte! Aber in dem halbzerfallenen Burgturm gibt es rein gar nichts, weder Betten noch Wäsche, unsere Matratzen liegen auf dem blanken Fußboden. Ich musste Bettlaken, Handtücher, Waschschüsseln und Seife von zu Hause mitbringen. Aber es gibt auch etwas, das mir gefällt: Neben uns ist ein Weingut, ich stehe gerne auf dem Hof und schaue zu, wie die Trauben von nackten Füßen zerstampft und der Most in Bottiche gefüllt wird. Aus meinem Fenster genau in der Turmmitte kann ich die weiße Straße sehen, die zum Meer führt. Aber die an

Eisenringen festgezurrten Pferde sind nicht mehr da, auch nicht die Kramläden und Werkstätten im Hochparterre, von denen mir Vater erzählt hat, wo die Schneider hockten und aussahen wie Heiligenfiguren in ihren Nischen.

Das Einzige, was ich wiedererkenne, ist der würzigsüße Duft nach Most, der aus den Kellern aufsteigt, die auf der anderen Hofseite liegen. Abends mischen sich die Aromen von Rosmarin und Kapern darunter, die rund um den Turm wachsen.

Gestern bin ich nach unten gegangen und habe an die Tür der Kellerei geklopft. Geöffnet hat ein Mann mit geröteten Augen und einem verbundenen Knie. Er heißt Gaetano. Er wollte mich erst nicht hereinlassen, aber als ich ihm gesagt habe, dass ich die Enkelin des alten Herzogs bin, die aus Palermo nach Casteldaccia gekommen ist, um der Pest zu entfliehen, war er wie ausgewechselt. Voller Freundlichkeit hat er mir die bis an den Rand gefüllten Weinfässer gezeigt. Und die großen Steinbottiche, in denen die Männer mit nackten Beinen Berge von Weintrauben zu Mus stampfen, das später darin durchzieht und gärt, wobei ein berauschender intensiver Geruch entsteht.

Ich durfte auch mit auf die Galerie, von wo aus er mir zeigte, wie die Halskrausen in den großen Terrakottaschüsseln eingeweicht werden, um sie um die Korken wickeln zu können, und wie das Holzrad funktioniert, mit dem die Korken in die Flaschenhälse gepresst werden, und wie der Kleber für die Etiketten angerührt wird. Er konnte gar nicht aufhören zu schwärmen und mir alle seine Schätze zu zeigen.

Wie geht es euch? Jammert eure Tochter noch wegen der Feigen? Liest du immer noch *Das Leben ein Traum*?

Deine Freundin Annuzza

Castanea, 17. Juni 1743

Liebe Annuzza,

ja, ich lese immer noch meinen geliebten Calderón de la Barca, der tief in das Geheimnis der Macht und der Liebe eintaucht. Ich finde mich in seinen magischen Worten wieder, in seinen sehnsüchtigen und tiefgründigen Fragen. Du ziehst ja Corneille vor, vor allem *Le Cid*, das weiß ich, denn du hast oft die Worte von Don Rodrigue und Chìmene für mich rezitiert. Zwischen Frankreich und Spanien gewinnt für mich Spanien, mit seinen geflüsterten und rätselhaften Fragen. Um ehrlich zu sein, fühle ich eher mit Sigismund als mit Rosaura, ich erkenne mich in diesem Übergang zwischen Realität und Traum. Auch ich weiß im Grunde nicht, ob ich in einem dunklen Keller eingeschlossen bin, in der Gewalt eines grausamen Königs, oder in einem pompösen Schloss an einem reich gedeckten Tisch sitze, voller Köstlichkeiten, wie es sich für eine Prinzessin geziemt. Bin ich in diesem schaurigen feuchten Gemäuer gefangen, ohne Licht, wo Mäuse die Wände entlangrennen, oder bin ich die in Seide gekleidete Prinzessin, die ein Glas mit köstlich duftendem Wein an die Lippen führt?

Erinnerst du dich an den eleganten Auguste Pérignon, der meinem Bruder Paolo zu Hause in Palermo Französischunterricht gab? An den demütigen jungen Mann, der den Eindruck machte, als habe er einen Stock verschluckt, so kerzengerade hielt er sich. Ich war wütend auf meinen Vater, weil er mir verboten hatte, an den Stunden teilzunehmen. Auch beim Essen und im Garten sprach Auguste ausschließlich Französisch, sodass ich es allein durch das Hören gelernt habe. Solange er da war, gab es überall im Haus französische Bücher, Rabelais, Molière, Villon.

Weißt du noch, wie wir unter der Linde im Gras lagen und Molière lasen? Wir hatten die Rollen aufgeteilt und lasen den Text laut vor, begleitet von all den Gesten und Betonungen, die uns angemessen erschienen, es war wie im Freilufttheater. Dabei aßen wir Maulbeeren, die du im Garten gepflückt und in die Tasche gesteckt hattest, die durch den Saft rot gefärbt war.

Wann ist eigentlich der schöne Girolamo in dein Leben getreten? Und damit natürlich auch in meines, wie ein neues Glied einer Kette. Wohin das führen würde, ahnten wir damals noch nicht. In diesen Tagen scheint er düsterer Stimmung zu sein, auch wenn er mir gegenüber immer liebevoll und zuvorkommend ist. Ich glaube, dass ihn seine Liebe zu dir verzehrt. Gerne würde ich mit ihm darüber sprechen, aber wenn ich nur eine Bemerkung in diese Richtung andeute, wird er ungeduldig und wendet sich ab. Er möchte das Problem gerne allein lösen, er möchte frei und gleichzeitig doch gebunden sein. Aber an wen von uns beiden? An dich, die ihn vom ersten Augenblick an fasziniert hat, trunken wie von einem betörenden Wein? Oder an mich, die er geliebt und die ihm eine Tochter geschenkt hat?

Ich habe sofort gemerkt, dass er sein Herz verloren hat. Ich kenne ihn zu gut. Aber ich dachte nicht, dass er sich in meine beste Freundin verliebt, das nicht. Aber, liebe Annuzza, nichts und niemand kann unsere Freundschaft zerstören, die wir vor langer Zeit in den Gärten von Palermo geschlossen haben, damals, als wir noch kurze Röcke trugen und mit einem Ball aus Lumpen spielten, weißt du noch? Ich war wie verzaubert von deinem Lachen, das ansteckt und jeden in deiner Nähe in seinen Bann zieht. Auch deine Liebe zu Büchern war mir von Anfang an sympathisch, da sind wir uns ähnlich. Mir gefiel auch, wie du mir den Ball zugeworfen hast, nicht um mit mir zu wetteifern, sondern als Angebot zu einer heiteren Plauderei, einem Gespräch.

Deine Agata

Casteldaccia, 28. Juni 1743

Liebe Agata,

es stimmt, Sigismunds Träume langweilen mich. Ich ziehe Rodrigues entschlossenes Handeln vor. Mir gefällt die Dramaturgie: seine Art, die Liebe zu Chìmene, der Konflikt zwischen Liebe und Ehre. Die Pflicht, den Vater der geliebten Frau zu töten, um das Unrecht an seiner Familie zu rächen. Er ist hin- und hergerissen. Ich mag die Spannungen, die Corneille auf die Bühne bringt, und den Mut, mit dem er ihnen begegnet.

Meiner Meinung nach ähnelt Girolamo ein wenig dem verzweifelten Rodrigo Dìaz de Vivar, auf der Kippe zwischen Liebe und Pflichtbewusstsein, denkst du das nicht auch? Wir haben ja auch Corneille zusammen gelesen und ebenfalls mit verteilten Rollen.

Ja, ich erinnere mich an den demütigen Pérignon, der einen Stock verschluckt zu haben schien, wie du treffend bemerkt hast. Sein Französisch klang lehrerhaft, war überwiegend den Klassikern entlehnt. Er sprach nicht, sondern er rezitierte. Erinnerst du dich an seine theatralischen Bücklinge? Bevor er nach Palermo kam und als Französischlehrer arbeitete, war er Schauspieler, glaube ich zumindest. Er erzählte allerdings bevorzugt von seinem großen *manoir*, dem prächtigen *jardin* und den Zimmern mit den freskenbemalten Wänden. Und wie gut es ihm in seinem geliebten Épernay nahe Paris gegangen war. Aber wenn es ihm doch so gut ging in Épernay, warum war er dann als *maître* nach Palermo gekommen? Jemand erzählte, er sei aus der Familie verstoßen worden, weil er öffentlich Ludwig XV. beschimpft habe. Aber wer weiß, ob das stimmt. Ich habe ihn immer für einen Aufschneider und Lügner gehalten. Seine Art zu sprechen war zu ausschweifend und zu kontrolliert, zu glatt, um wahr oder aufrichtig zu sein. Aber er war auch faszinierend, besonders wenn er tanzte, erinnerst du dich, wie er sich bewegt hat? Seine Bücklinge hatten etwas Graziöses und beneidenswert Elegantes. Aber wir machten uns über ihn lustig, wir lachten ihn aus, auch wenn er eigentlich ein herzensguter Mensch war. Er erlaubte uns sogar, verbotene Bücher zu lesen, im Garten herumzutollen und Ball zu spielen. Wenn ich jetzt so darüber nachdenke, war uns Mädchen ja alles verboten, wir wurden ständig von den Eltern beobachtet und kontrolliert. Aber mit der Ankunft von Auguste Pérignon war alles anders und wir machten, was wir wollten, spielten Ball und lasen Bücher.

Aber daran will ich jetzt nicht denken. Wie gerne erinnere ich mich an unsere kleinen Geheimnisse und die gemeinsamen Erlebnisse! Weißt du noch, wie ich dich frühmorgens zu Hause abgeholt habe, um dich zu den Nonnen in die Via Gesù e Maria zu begleiten? Wir waren schon älter und mussten das Kloster Santa Lucia besuchen, um nähen, kochen und gutes Benehmen zu lernen. Du hattest ein Kleidchen mit gelben Blumen an, um das ich dich beneidete. Ich musste dich nur ansehen, schon konnte ich den Duft dieser Blüten riechen. Erinnerst du dich an Schwester Mendola, die uns das Kruzifix küssen ließ, sobald wir eingetreten waren? Und das große dreiflügelige Fenster schloss und wir uns auf die unbequemen Bänke setzen mussten, mit einem Stück Stoff in der Hand, auf dem wir den Kreuzstich lernten. Weißt du noch?

Ich hatte feuchte Hände, es fiel mir schwer, die Nadel festzuhalten, immer wieder glitt sie mir aus den Fingern. Und du hast gelacht, du konntest es gut. Dir hat Sticken Spaß gemacht, für mich war es eine Qual. Tatsächlich habe ich es nie richtig gelernt. Ich konnte es kaum erwarten, in den Hof zu gehen und Ball zu spielen. Aber du bist eine großartige Stickerin geworden. Stickst du immer noch? Findest du Zeit dazu?

Während ich dir schreibe, lache ich leise in mich hinein. Ich überlege, wie wir Freundinnen geworden sind. Ist es nur deshalb passiert, weil unsere Mütter Nachbarinnen waren, als du noch in Palermo gewohnt hast? Lange bevor du geheiratet hast und ins ferne Messina gezogen bist? Wie entsteht eine Freundschaft überhaupt? Seelenverwandtschaft, gleich gelagerte Interessen, eine ähnliche Vorstellung von der Zukunft? Oder aus reinem Zufall, Nachbarschaft, zusammen etwas tun? Ich weiß es nicht.

Ich erinnere mich, wie ich dich das erste Mal gesehen habe, in deinem armseligen, viel zu großen Kleid bist du fast versunken, es hatte Spitzenborten, dazu trugst du ein Häubchen in einem undefinierbaren Graubraun und ich musste lachen. Wie hat die sich denn ausstaffiert?, dachte ich. Aber meine Augen wanderten weiter. Dein Gesichtsausdruck, der mich an eine verdutzt dreinblickende Madonna erinnerte, machte mich neugierig. Ist dir aufgefallen, dass die Madonnen auf den Bildern immer diesen verdutzten Ausdruck haben, als wollten sie sagen: „Was mache ich hier eigentlich? Und von wem ist dieses Kind, das ich zur Welt bringen muss?" Aber *'nza mai*, man kann nie wissen, wie man in Palermo sagt. Was passiert, wenn dieser Brief der Inquisition in die Hände fällt? Dann würde ich auf dem Scheiterhaufen enden. Würdest du mich retten? Mich vom Scheiterhaufen ziehen und dir dabei die Hände verbrennen? Das solltest du nicht, denn dann würdest du ebenfalls verbrannt werden. Schau besser nur zu … welch düstere Gedanken! Es wird diese Pest sein, die meine satirische Seite zum Vorschein bringt, mich aber auch mit teuflischen Bildern verwirrt.

In Liebe, deine Annuzza

Castanea, 7. Juli 1743

Liebe Annuzza,

es stimmt, ich ziehe *Das Leben ein Traum* bei Weitem *Le Cid* vor, der für meinen Geschmack etwas zu pompös ist. Du hast schon immer die großen Gesten, die verbotenen Leidenschaften geliebt. Ich ziehe den Traum und das Leben im Geheimen vor.

Ich musste über deine Erinnerungen an den Stickunterricht, Schwester Mendola und die verdutzt dreinblickende Madonna lachen. Du hast recht, für Nadel und Faden taugst du nicht. Aber dafür kannst du reiten wie eine Amazone.

Wie heißt doch die Königin dieses Volkes der wagemutigen Frauen? Penthesilea oder Hippolyta? Du warst schon immer eine Königin. Ich bin Sticklehrerin geworden. Die Schwestern des Klosters Santa Agata in Messina haben mich gebeten, dort die Kunst des Stickens zu unterrichten.

Ich bin mit den Techniken so vertraut, dass ich auch an anderes denken kann, während meine Finger beschäftigt sind. Die Gedanken fliegen hin und her. Erinnerst du dich noch an den Kettenstich? Ein Klassiker, der sich leicht lernen lässt. Du kannst kein schönes Motiv auf den Stoff bringen, wenn du diesen Stich nicht beherrschst. Und den Stielstich? Den hast du gehasst, weil du gegen die Nadel drücken musstest und dich oft gestochen hast. Als ich dich mit dem blutenden Finger im Mund gesehen habe, musste ich über deine Ungeschicklichkeit lachen. Ich sagte immer, versuche es mit dem Langettenstich, der ist einfacher, oder mit dem Federstich, dem Margeritenstich oder dem Tulpenstich, sogar mit dem Spinnwebstich kannst du es versuchen. Immer die gleiche Litanei!

Erinnerst du dich daran, wie Schwester Mendolas Nadel zwischen ihren kurzen knochigen Fingern hindurchlief? Du wolltest lieber lesen und hattest immer ein Buch in der Tasche versteckt. Zum Glück waren die Taschen in den Schürzen so groß … Ich hatte immer Brotkügelchen dabei, damit ich deine Aufmerksamkeit wecken konnte, wenn du kurz vor dem Einschlafen warst. Bevor Schwester Mendola mit dem Stock kam, bist du wieder aufgewacht und hast mir dankend zugenickt. Nun, ich weiß nicht, ob unsere Freundschaft erst im Stickzimmer geboren wurde, unter dem Stock von Schwester Mendola, oder schon früher, als ich zu dir in den Garten kam, wir zusammen *Le Cid* lasen und mir deine Mutter Erdbeer-Granita anbot. Was meinst du? Wann wird eine Freundschaft zwischen zwei Menschen geboren und warum?

Eine Umarmung von Agata

Casteldaccia, 17. Juli 1743

Liebe Agata,

ich weiß wirklich nicht, wie eine Freundschaft entsteht. Ich erinnere mich an einen Satz von Aristoteles, den ich vor langer Zeit gelesen habe und der mir im Gedächtnis haften geblieben ist: „Die Freundschaft ist eine Seele, die in zwei Körpern wohnt, ein Herz, das in zwei Seelen schlägt." Ich weiß nicht, wer diesen Satz aus dem Griechischen übertragen hat, vielleicht ist das Wort „Seele" auch nicht ganz zutreffend, auch wenn es aus dem Griechischen kommt, es klingt mir zu kirchlich, ich würde eher von „Geist" sprechen, meinst du nicht auch? „Die Freundschaft ist ein Geist, der in zwei Körpern wohnt." Klingt das nicht besser? Da fällt mir eine sizilianische Redensart ein: *„L'amico è sulu ca ti rice quannu c'hai lu mussu lordu."* Ich bin mir nicht sicher, ob ich es richtig geschrieben habe, aber Dialekte sind ja auch nicht dazu da, aufgeschrieben zu werden. Der Satz bedeutet in etwa:

„Der Freund ist der Einzige, der dir sagt, dass du ein dreckiges Gesicht hast." Meinst du, ich habe das richtig übersetzt?

Schwester Mendola sprach kein richtiges Italienisch, kein Wort, weißt du noch? Ihre Großeltern kamen aus dem bitterarmen Veneto nach Sizilien, um in einer Schwefelmine zu arbeiten. Sie kam in Catania zur Welt. Da sie nichts mit Schwefel und der ungesunden Arbeit in der Mine zu tun haben wollte, entschied sie sich, Nonne zu werden. Nicht aus Berufung, sondern weil sie im Kloster eine Schulbildung bekam und sich dem widmen konnte, was sie liebte: dem Zeichnen. Aber was sollte sie damit anfangen? Man riet ihr zum Sticken und sie gehorchte. Ihr Talent hatte doch etwas Gutes, sie zeichnete Stichvorlagen für Madonnen mit dem Kind im Arm, junge und schöne Christusfiguren, die das Wasser teilen, das Paradies mit strömenden Flüssen und schattenspendenden Bäumen, auf deren Zweigen bunte Papageien sitzen und sich Schlangen darum ranken.

Weißt du noch, wie wir alle rund um eine große Leinwand gesessen haben und Mendola uns die Schlacht bei den Thermopylen nachsticken ließ? Die Vorlage dafür stammte von ihr. Ein Gewirr aus Armen, Beinen, Schwertern, durch die Luft fliegenden Helmen und Pferden, die sich am Boden wälzten. Am Rand stand ein gelber Hund, der sich mit melancholischem Gesichtsausdruck das Spektakel ansah. Unten hatte sie in Großbuchstaben geschrieben: THERMOPYLEN – GRIECHEN GEGEN PERSER – LEONIDAS GEGEN XERXES – ANNO 480 V. CHR. Auf diese Weise hat sie uns sogar etwas über Geschichte gelehrt, ihr Wissen hatte sie aus Büchern, die sie aus den oberen Reihen der Regale in der Klosterbibliothek gezogen hatte.

Fast feierlich reichte sie jedem von uns einen Wollfaden und hieß uns, begleitet von einer vertrauensvollen Geste, den auf der Leinwand vorgezeichneten Linien zu folgen. Und wir führten die Anweisung aus und machten uns mit gesenkten Köpfen daran zu sticken. Wir haben bis zur Erschöpfung gearbeitet, aber es hat sich gelohnt. Was für eine Genugtuung, als Schwester Mendola nach neun Tagen die Leinwand aufzog und wir die Schlacht bei den Thermopylen in all ihrer grausamen Schönheit bewundern konnten! Vielleicht wäre sie der neue Antonello da Messina geworden, wenn man ihr statt Nadel und Faden einen Pinsel in die Hand gegeben hätte?

Manchmal habe ich das Gefühl, als stünde Schwester Mendola direkt vor mir, der kurze Hals, die strengen Lippen und die fleckigen übereinanderstehenden Zähne. Aber wenn sie auf dem Stoff zeichnete, wirkte sie wie eine andere, ihr Gesicht war entspannt, fast schön, ihre Augen glänzten, erinnerst du dich?

Ihre Stimme war weich und wenn sie betete, klang es wie lieblicher Gesang. Wo sie heute wohl ist? Ob sie noch lebt? Weißt du etwas darüber?

Natürlich ist das zurückgezogene Leben ziemlich eintönig. Jetzt vermisse ich die lebhafte Atmosphäre bei den Abendessen mit Freunden in Palermo. Früher kamen sie mir oberflächlich und übertrieben mondän vor. Du weißt, wie ungern ich unter vielen Menschen bin. Aber auch die Einsamkeit hat ihre dunklen Seiten. Die Zeit hier, inmitten der ruhigen Wälder von Casteldaccia, scheint sich wie eine Bogensehne zu spannen, immer und immer mehr, und dann wieder zurückzuschnellen. Ich würde gerne wieder über die Via Maqueda flanieren, ein Cannolo bei Beppuzzo, dem Konditor, essen und einen Rosolio dazu trinken.

Ich muss oft an die Vergangenheit denken. Waren wir zwei glückliche Mädchen? Hätte man mich das damals gefragt, hätte ich es verneint. Weißt du, das Glück entdeckt man immer erst später, wenn es nicht mehr da ist. Jetzt habe ich den Eindruck, dass sich das Glück irgendwo versteckt, vielleicht gar nicht so weit weg, aber ich kann es nicht finden.

Girolamo hat versprochen, mir zu schreiben. Aber er hat es nicht getan. Vielleicht hat er eine kluge Entscheidung getroffen: für dich, seine Ehefrau, die ihm ein gemeinsames Kind geschenkt hat. Sein Platz ist an deiner Seite.

Gestern bin ich aus Langeweile die Hügel hochgegangen und habe Zichorie gesammelt. In der Ferne habe ich das aufgewühlte Meer gesehen, die weißen Schaumkronen auf bräunlich schimmerndem Wasser, das nichts Gutes verheißt. Man sagt, dass Palermo nichts im Vergleich zu deinem Messina ist, es heißt, dort würde sich die Zahl der Toten Tag für Tag verdoppeln. Ist das wirklich wahr? Weißt du mehr?

In Liebe, Annuzza

Castanea, 1. August 1743

Liebe Annuzza,

ich bin zwar erst zwei Monate hier, aber es kommt mir vor wie zwei Jahre. Es ist drückend heiß. Während ich isoliert in diesem kleinen Bergdorf sitze, schaue ich auf Messina unten im Tal. Ich komme mir vor wie ein Tier in einem Versteck, das angespannt die Luft anhält, während es darauf wartet, dass die Gefahr vorbei ist. Es heißt, der Scheitelpunkt der Epidemie sei überwunden, aber es gibt immer noch viele Tote.

Wer weiß, wie es meiner Schwiegermutter und Beppuzzo in der Via dei Notari unten in der Stadt geht. Ich sehe noch immer Rosalias Gesicht hinter der Fensterscheibe vor mir, während ich mit Mariannina in Girolamos offenem Wagen davonfuhr. Das Gesicht einer Toten, aber mit den Augen eines Adlers, der eine Schlange ins Visier genommen hat. Ich dachte, dass ich sie nicht lebend wiedersehen würde, aber sie hat es geschafft und ist genesen. Durch viel Knoblauch und Wein aus Zypern. Das hat sie mir jedenfalls geschrieben. Wir haben ihr angeboten, uns zu begleiten, aber sie wollte lieber in Messina bleiben. Seitdem sie ihren Mann verloren hat, kümmert sie sich um die Geschäfte der Familie und hält die Zügel fest in der Hand. Manchmal ist sie großzügig, manchmal sparsam.

Ich gehe nicht gerne die Straße entlang, die nach Messina führt, wenn ich zum Brunnen muss, um frisches Wasser zu holen. Unser Brunnen ist zwar auch immer voll, aber das Wasser schmeckt nach Erde und ist häufig rötlich gefärbt. Schon zwei Mal bin ich auf dem Weg dorthin einem Karren voller Toter begegnet, die nackten Körper waren übereinandergestapelt, man hätte meinen können, es wären Kaninchen, denen man das Fell abgezogen hat.

Erzähl mir mehr von dir und dem Wein, der rund um den Turm gekeltert wird. Manchmal habe ich das Gefühl, als könnte ich seinen herrlichen Duft riechen. Deine Briefe trösten mich über die Angst und die Verzweiflung in dieser Einsamkeit hinweg.

Ich umarme dich ganz fest.

Deine Agata

Casteldaccia, 13. August 1743

Liebe Agata,

obwohl sie so ein Geizkragen ist, bin ich froh, dass deine Schwiegermutter wieder gesund ist. Und wie geht es Beppuzzo?

Hier erzählt man sich schreckliche Dinge über die Pest in Messina. Menschen, die sich ins Meer stürzen, damit sie nicht ins Lazarett müssen, Menschen, die aus Angst vor der Ansteckung andere anzünden, und Menschen, die das Chaos ausnutzen und alles zusammenraffen, was ihnen unter die Finger kommt.

Zum Glück geht das Leben in Casteldaccia seinen gewohnten Gang und die Pest scheint uns zu verschonen. Das Dorf ist von Weinbergen und Wäldern umgeben, idyllisch, aber eintönig.

Ich tröste mich mit Büchern. Im Augenblick lese ich wieder einmal *Gargantua und Pantagruel* des großen Rabelais. Selbst in diesen traurigen Zeiten entlockt er mir ein Lächeln. Aber nach zwei Stunden Lektüre brennen mir die Augen und ich muss ein wenig frische Luft schnappen.

Dieser Tage kam mein Cousin Antonio aus Palermo und hat jemanden mitgebracht, einen gewissen John Kellogg aus London, der Sizilien besucht und über Vulkane recherchiert.

Er ist ein dunkler Typ, von kleinem Wuchs, mit kurzen Armen und einer schrillen Stimme. Er wirkt überhaupt nicht wie ein Engländer.

Dieser Kellogg hat erzählt, er sei in Reggio Calabria an Bord eines Zweimasters gegangen, der an Messina vorbeisegeln musste, weil man ihn nicht in den Hafen einlaufen ließ. Er berichtete von riesigen brennenden Scheiterhaufen, auf denen bergeweise Leichen lagen. Die Straßen der Stadt seien verwaist gewesen und die Hunde hätten sich Fetzen aus den Leichen gerissen, die niemand mehr begräbt. Bestimmt war das ein wenig übertrieben, hoffe ich jedenfalls.

Mein Cousin Antonio war tief beeindruckt, es hat ihm den Appetit verschlagen. Danach ist er in Melancholie verfallen, er saß unbeweglich da und schwieg. Ich erinnerte mich an den Malvasier, den mir Gaetano gegeben hatte, und goss Antonio ein Glas ein. Der Wein muss ihm gutgetan haben, denn nach einer Weile sprach und aß er wieder.

Der Malvasier duftet nach Myrte und frischem Heu, du kennst diesen Wein aus Casteldaccia, er ist wirklich köstlich.

Schreib mir bald.

Deine Annuzza

Castanea, 24. August 1743

Liebe Annuzza,

danke für die Nachrichten aus Casteldaccia und über den Wein. Mariannina hat seit gestern ein bisschen Fieber und der Hals ist geschwollen. Ich habe den Bader gerufen und er hat sie zur Ader gelassen. Er sagte, dass die Hitze der Monti Peloritani das Blut der Kinder in Aufruhr bringt.

Girolamo hat sich aus Langeweile der Jagd zugewandt. Ich sehe ihn frühmorgens mit seinem alten Ledersack und der Muskete auf der Schulter losziehen, er trägt Stiefel und die grüne Redingote, erst in der Dämmerung kehrt er zurück. Dann ist er hungrig und müde, die Augen leuchten und er hat einige Hasen um die Taille gehängt.

Die Tage hier in Castanea sind lang und eintönig. Seit drei Monaten habe ich keine Zitronen-*Gremolata* mehr getrunken, nicht mehr mit Menschen gesprochen, die mich interessieren, ausgenommen Girolamo, aber er ist schweigsam. Oft gehe ich morgens mit Mariannina in den Wald. Wenn wir zurück sind, hat Signora Cannavò, die Vermieterin, das Mittagessen fertig, ein wenig Pasta mit Brokkoli und ein Stück kaltes Kaninchenfleisch. Sie ist recht barsch geworden seit einiger Zeit, gibt mir immer wieder zu verstehen, dass Girolamo nicht die vereinbarte Miete bezahlt, dass Mariannina immer Hunger hat und ich zu viele Kerzen verbrauche, weil ich bis spät in der Nacht lese.

Antworte bald, ich bitte dich.

Eine zärtliche Umarmung von deiner Agata

Casteldaccia, 3. September 1743

Liebe Agata,

kann es sein, dass nicht Girolamo das Geld verwaltet, sondern dass Rosalia die Hand darauf hält? Hast du kein eigenes Geld? Ich würde es nicht ertragen, völlig von einer Schwiegermutter abhängig zu sein. Gut, ich bin nicht verheiratet, aber meiner Meinung nach sollte sich eine Frau vor der Hochzeit vergewissern, in welche Familie sie hineingerät und wie die Beziehung zwischen den Eltern und den Kindern ist.

Ich möchte dich nicht kritisieren, liebe Agata, ich weiß, welche Zwänge einer jungen Ehefrau auferlegt werden. Vielleicht habe ich deshalb bis heute noch nicht geheiratet.

Habe ich dir eigentlich schon von Antonino Lo Pepe erzählt, der immer vor dem Haus auf mich gewartet und mich mit seiner ständigen Anwesenheit verfolgt hat? Meine Mutter, die damals noch lebte, redete mir gut zu, seinem Werben nachzugeben: „Sein Vater ist der größte Grundbesitzer rund um Bagheria, er ist der Erstgeborene, das heißt, dass er beim Tod seines Vaters alles erbt, trotz der fünf Brüder, auf was wartest du noch, bevor du Ja sagst?"

„Mama, ich mag ihn nicht."

„Seit wann muss man einen Ehemann mögen, mein Kind? Schnapp ihn dir und werde eine Signora."

„Mama, der hat schon mit zwanzig einen dicken Bauch und hat noch nie im Leben ein Buch gelesen."

„Ich weiß, er hat sogar krumme Beine, aber erinnerst du dich an das Lied *‚ave le jambe di ferru filatu, quannu cammina le jetta di lato, ahi lario è, chiu lario d'iddu non ce n'è'?*"*

Wir brachen in Lachen aus. Natürlich wusste meine Mutter, dass Antonino ein verwöhnter Ignorant war. Deshalb hat sie nicht weiter gedrängt.

Girolamo hätte ich sofort geheiratet, aber er war ja schon vergeben. Bei Männern haben wir offenbar den gleichen Geschmack.

Heute hat Giuseppa einen Korb voller Kaktusfeigen mitgebracht, die sie selbst gepflückt hat, mit Handschuhen natürlich. Überall im Haus lagen die feinen Stacheln

---

* ‚Hat Beine aus Eisendraht und wenn er geht, wirft er sie zur Seite, ach hässlich ist er, dass hässlicher es nicht geht.'

herum, sogar Gaetanos Hund Giufà hat sich wie ein Verrückter um die eigene Achse gedreht, weil seine Schnauze juckte.

Calogero Barbagallo, der Postbote, wirft mir seltsame Blicke zu, wenn er mir deine Briefe überreicht. Er glaubt bestimmt, ich hätte in Messina einen Geliebten. Auch wenn auf der Rückseite der Umschläge dein Name steht. Ich glaube, in Casteldaccia bekommt niemand so viele Briefe wie ich. Man könnte Calogero Barbagallo für einen alten Mann halten, so steif klettert er vom Esel und händigt die Briefe aus. Aber er ist fast noch ein Kind. Tag für Tag reitet er zwischen Palermo und Casteldaccia hin und her, immer mit zwei weißen Postsäcken im Gepäck. Aus allen Städten Siziliens bringen Kutschen die Post nach Palermo, dort wird sie sortiert und weitertransportiert.

Von den winzigen Stacheln einmal abgesehen, die sich überall verteilen, ohne dass man sie sieht, sind die Kaktusfeigen einfach köstlich, wenn sie reif sind! Goldgelb, olivgrün oder rot wie der Saft von Brombeeren, das sind die süßesten. Ich habe beim Essen an dich gedacht. Mariannina, die so versessen auf Obst ist, würde jauchzen vor Glück. Gibt es denn bei euch keine Kaktusfeigen? Hier wachsen sie sogar entlang der Straßen, sie gehören niemandem und deshalb allen.

In inniger Liebe, Annuzza

Castanea, 14. September 1743

Liebe Annuzza,

nein, in Castanea wachsen keine Kaktusfeigen, vielleicht weil es so hoch liegt und die Sträucher Wärme brauchen. Stattdessen gibt es hier Äpfel, die zwar klein sind, dafür aber süß. Im Moment sind die meisten schon geerntet. Wenn ich zum Fuß des Monte Lupo hochsteige, um Äpfel zu pflücken, finde ich nur noch ein paar unreife grüne, ganz oben im Baum. Aus denen macht Crocifissa köstliche Marmelade. Aber man muss aufpassen, denn Zucker gibt es hier oben nicht und ihn aus Messina kommen zu lassen, kann gefährlich sein.

Crocifissa hat durch die Pest Vater und Mutter verloren, manchmal kommt sie zu mir und weint. Jetzt ist sie ganz allein. Zum Glück kocht sie gerne und macht Marmelade, dabei singt sie laut. Girolamo ist ganz verrückt nach ihrer Spezialität, einer *fougasse*, die mit Béchamelsoße, Erbsen, Hammelfleisch und Rosinen gefüllt ist.

„Ein sizilianisches Gericht ist das nicht, wo hast du das gelernt?", frage ich. Girolamo lacht und sagt, dass ich von Geschichte keine Ahnung habe, auch wenn ich so viel lese und Französisch kann. „Weißt du nicht, dass das ein Rezept von Caterina de' Medici ist? Sie hat es einem französischen Koch beigebracht und seitdem gilt es als französisches Rezept, aber geboren wurde es im Kopf einer Italienerin."

Das wusste ich nicht. Ich bin glücklich, wenn Girolamo lacht, das geschieht nur selten, er ist verschlossen, wie du weißt, und hat einen Hang zur Melancholie. Wenn er lacht, wird er noch schöner, die Augen strahlen und die ebenmäßigen weißen Zähne erscheinen zwischen den Lippen wie ein Halbmond.

Mit inniger Umarmung, Agata

Casteldaccia, 25. September 1743

Liebe Agata,

letzte Nacht stand Antonio auf und sagte, ihm sei es zu heiß zum Schlafen. Dann verließ er das Haus und kam erst heute Morgen zurück, er stank nach Wein. Er sagte, er sei im Nachbardorf bei den Ursulinen gewesen, um Neuigkeiten aus Messina zu erfahren. Und fügte noch hinzu, sie hätten ihn gezwungen, die ganze Nacht zu beten. Aber ich weiß nicht, ob ich ihm glauben soll.

Ich befürchte, dass er ins Bordell gegangen ist, wie schon einige Male zuvor. Im Nachbardorf gibt es eines mit dem Namen „Casa del belvedere", aber ich weiß nicht recht, welchen schönen Ausblick man von dort haben soll, da die Läden immer geschlossen sind. Die jungen Frauen leben isoliert und verlassen nur sonntags das Haus, begleitet von einer Art Wächter, der sie behandelt wie Gänse auf der Weide. Einige sind fast noch Kinder und ich frage mich, wie sie in dieses Haus geraten sind, das manche ein „Freudenhaus“ nennen. Was für eine Freude soll das sein, sich mit einer Fremden einzulassen, die dich nur wegen des Geldes nimmt?

Antonios Freund Kellogg ist immer noch da. Aber er hat jetzt beschlossen, zu euch nach Castanea zu kommen. Er müsse zum Ätna, um dort Steine zu sammeln. Ich habe ihn gewarnt, dass das gefährlich sei, aber er hat nur gelacht, die Krankheit scheint ihn gar nicht zu interessieren.

In tiefer Liebe, Annuzza

Castanea, 6. Oktober 1743

Liebe Annuzza,

euer Freund Kellogg ist gestern angekommen, auf dem Rücken eines Maultiers. Er hatte zwei große Säcke mit Steinen bei sich und einen kleineren mit seiner Kleidung. Er scheint nicht viel zu brauchen. Zwei Hemden und zwei Redingoten, eine trägt er, die andere wird gewaschen. Er mag „indische Brühe“, ein Getränk, das man auch „Cofea arabica“ oder „Java“ nennt. Davon trinkt er fünf oder sechs Tassen am Tag. Zum Glück hat Girolamo zwei volle Säcke davon aus Messina mitgebracht. Die Bohnen werden gemahlen und man bringt Wasser zum Kochen. Kellogg kennt sich in der Musik gut aus und hat mir von Meister Johann Sebastian Bach erzählt, der vor zehn Jahren eine Kantate geschrieben hat, die von der Sorge eines Vaters handelt, dessen Tochter eine so große Leidenschaft für das Getränk hegt, dass sie nachts kaum noch schläft. Wusstest du das?

Abends ist Kellogg immer noch munter und möchte nicht zu Bett gehen. Deshalb gebe ich ihm den guten Passito zu trinken, nach und nach beginnt er dann zu gähnen. Ein merkwürdiger Mensch, er weiß alles über Musik, Gestein und Vulkane, aber über das alltägliche Leben weiß er so gut wie nichts, über die Küche oder wie man sich pflegt. Mit Girolamo versteht er sich gut.

Mariannina geht es besser, aber ich hatte große Angst, denn auch ihre Drüsen unter den Achseln waren angeschwollen. Der Bader hat noch einen Aderlass gemacht, ein Glas voll. Aber ich glaube nicht, dass es geholfen hat, sie sah danach nur noch blasser und erschöpfter aus. Dann ist das Fieber plötzlich stark gestiegen, sie hat kaum noch Luft bekommen. Zum Glück hatte Crocifissa die Idee, Mariannina in ein eiskaltes Bad mit Salzwasser zu stecken. Und sie hat sich wieder erholt. Dann habe ich ihr einen Tee aus Weidenrinde zu trinken gegeben und jetzt isst sie auch wieder.

Gestern ist Kellogg mit einem Rucksack voller gelber stinkender Steine von seiner Expedition auf den Ätna zurückgekehrt und hat sie an der Wand unseres Schlafzimmers aufgereiht. Dann hat er mit Girolamo über das Ende der Welt gesprochen.

Meine Schwiegermutter hat immer noch nicht das Geld für September geschickt und ich bin in großer Sorge. Sie lässt mich durch Signora Cannavò kontrollieren und schickt mir böse Briefe, in denen sie mir vorwirft, es sei meine Schuld, dass Girolamo mich immer allein zu Hause lässt, weil ich „keinen Pfeffer im Hintern“ hätte.

Messina scheint wieder aufzuleben. Wenn ich durchs Fenster nach unten auf die Stadt schaue, wirkt sie nicht mehr so gespenstisch weiß, sondern wieder rosiger. Wahrscheinlich liegt das an der flirrenden Hitze und den Wolken am Abendhimmel, aber ich habe wirklich den Eindruck, dass die Farbe zurückgekehrt ist. Nachts strahlen an der Küste wieder die Lichter.

Karren mit Leichen habe ich nicht mehr vorbeikommen sehen. Wer weiß, vielleicht kann ich bald in die Stadt zurück.

Deine dir sehr zugeneigte Freundin Agata

Casteldaccia, 17. Oktober 1743

Liebe Agata,

gestern hat mir Gaetano eine Karaffe jungen Weißwein gebracht. Ein frischer Tropfen, der Geschmack ist sofort auf der Zunge spürbar. Er duftet nach den Weinbergen hinter dem Turm, auf die immer die Sonne brennt, wildem Sellerie, Minze und scharfem Thymian. (Wusstest du eigentlich, dass der Name Casteldaccia daher rührt, dass rund um das Dorf *Accia,* der wilde Sellerie, wächst?)

Ich habe den Wein Antonio serviert, der ihn mit Genuss trank, während er seinen Leibniz las. Nach einer Weile blickte er auf und rief: „Das Universum, meine liebe Annuzza, besteht aus unendlich vielen Energiezentren, verstehst du? Du bist eines, ich ein anderes … Man kann zwischen einem Leben wählen, das einem dumpfen traumlosen Schlaf gleicht, oder einem bewussten Leben, das aber schmerzhaft ist … Es hängt davon ab, wie du dein Energiezentrum beherrschst …“ Dann hat er mich umarmt, wie seit Wochen nicht mehr.

Seine Tage sind, jetzt verstehe ich das, ein rastloses Streben nach Neuem. Aber welche Neuigkeiten soll es in diesem kleinen Dorf, in dem Gerber und Winzer leben, schon geben?

Ich dachte, er wolle nach Palermo zurück, aber dann ist er doch lieber hiergeblieben, vielleicht aus Angst vor der Epidemie oder weil er meine Gesellschaft schätzt. Er ist immer freundlich zu mir, auch wenn ich den Eindruck habe, er hält mich für ein wenig beschränkt. Seiner Meinung nach ist eine Frau nicht zu tiefsinnigem Denken fähig. Das ist dem von Gott Auserwählten vorbehalten, dem adligen Mann. Die anderen, die Bauern, die Frauen, sind höflich zu behandeln, das ganz sicher, zuvorkommend, aber nicht ernst zu nehmen. Ich finde ihn irgendwie lustig, vielleicht ein wenig altmodisch, aber ich mag ihn, weil ich ihn habe aufwachsen sehen und wir die Kinder zweier Brüder sind.

Gestern gab es ihm Dorf ein Pferderennen. Ein Pferd ist auf den glatten Pflastersteinen ausgerutscht und musste getötet werden. Bei der Abendmesse war das ganze Dorf anwesend. Der Priester hatte allen ans Herz gelegt, das Haus nicht zu verlassen, damit sich die Krankheit nicht weiterverbreitet, aber keiner hat auf ihn gehört. Die Pest hat uns hier bisher verschont und die Leute tun so, als würden im fernen Messina nicht jeden Tag Hunderte Menschen dahingerafft. Und auch im nahen Palermo gibt es immer wieder neue Fälle.

Es war ein trauriger Tag. Die Nachrichten aus Palermo sind nicht ermutigend, auch wenn Vizekönig Corsini versucht, die Bevölkerung zu beruhigen, und versprochen hat, die Ärmsten der Armen zu unterstützen, vor allem die Obdachlosen. Aber die Palermitaner sind egoistisch und undiszipliniert: Man hört von Kranken, die von ihrer Familie ins Lazarett gebracht werden, damit ihre Kinder nicht angesteckt werden, die Alten lässt man sterben, weil es nicht genug Bader gibt, und die Jungen, wenn sie es schaffen, gut, wenn nicht, dann kommt ein barmherziger Priester und gibt ihnen die Letzte Ölung. Wenn er mutig genug ist.

Antonio war den ganzen Tag unterwegs und hat mir als Geschenk ein Huhn mitgebracht, dem ich hätte den Hals umdrehen müssen, aber das habe ich nicht übers Herz gebracht. Jetzt scharrt es im Hof und hüpft glücklich herum.

Morgen früh werde ich zu Gaetano gehen, um mir etwas von seinem wunderbaren neuen Wein zu holen.

Ich wünschte, du wärst hier bei uns, meine liebe Agata. Und Girolamo? Wir lieben ihn beide und unser Glück hängt von ihm ab, ist es nicht so?

In tiefer Liebe, Annuzza

Castanea, 28. Oktober 1743

Liebe Annuzza,

auch hier sind die Tage traurig. Am Donnerstag war Mariannninas Geburtstag und Girolamo hat ihr eine Krippe gebaut. Drei ganze Tage hat er daran gearbeitet und du hättest sehen sollen, wie geschickt er die Mühle, den Hühnerstall, die Hunde, die Kühe und das kleine Jesuskind geschnitzt hat, das aussieht wie ein alter Mann mit Bäuchlein. Es war berührend, als Mariannina die Krippe das erste Mal gesehen hat, sie weinte fast vor Freude. Ich habe ihr eine Puppe genäht, mit Haaren aus malvenfarbener Wolle. Ich hatte nur dieses eine Knäuel.

Das Fest haben wir im Haus gefeiert. Just an diesem Tag kam ein Brief aus Messina, in dem stand, dass beide meiner Calía-Cousins gestorben sind, dass viele Herrenhäuser geplündert und zerstört worden sind, um Gold und Schmuck zu finden. Girolamo war verzweifelt. Er hat gesagt, dass er nicht weiter hier in der Isolation bleiben kann. Er will nach Messina, um zu sehen, wie es um unser Haus steht, und dann zu dir nach Palermo. Ich habe ihm erzählt, dass du in Casteldaccia bist. Und er hat geantwortet: „Wir werden sehen.“ Danach hat er mich fest in den Arm genommen, mir ins Ohr geflüstert, dass er mich liebt und unsere Ehe ihn sehr glücklich macht und sie heil bleiben soll, mit dem Kind im Mittelpunkt. Ich habe gespürt, dass er log, aber aufrichtig dabei war. Aber wie kann man aufrichtig sein, wenn man sich selbst belügt?

Ohne Girolamo kommt mir das Haus leer vor. Ich frage mich manchmal, wann ich ihn verloren habe. Als du in sein Leben getreten bist, war er schon lange nicht mehr bei mir. Habe ich ihn gelangweilt? Ich weiß es nicht. Oder ist es die Ehe, die die Liebe erkalten lässt? Ich liebe ihn noch immer, aber für uns Frauen ist die Liebe wie eine Krankheit, von der wir nicht geheilt werden können.

Ich kenne den Wein, von dem du geschrieben hast. Bei uns in der Familie heißt er „u nicuzzu“, weil er so jung ist, als wäre er gerade erst geboren worden. Er ist spritzig und man trinkt ihn wie Traubensaft.

Mariannina geht es viel besser. Die Schwellung am Hals ist verschwunden, nachdem Großmutter zerriebene toskanische Tabakblätter geschickt hatte, die Mariannina als Tee trinken sollte. Ich bin jetzt ruhiger. Meine Schwiegermutter hat auch das Geld für die Miete geschickt.

Zum Glück, denn Signora Cannavò hat uns die Mittagsrationen gekürzt, es gab nur noch ein wenig gekochtes Gemüse und ein Stück trockenes Brot. Gestern hat sie aus lauter Freude über das Geld sogar Wein serviert, den sie als „reines Gold“ angepriesen hat. Das war übertrieben, denn er schmeckte lange nicht so gut wie der aus Casteldaccia. Er war schwer und schmeckte nach Schwefel. Wenn man mehr als ein Glas trinkt, bleibt ein bitterer Nachgeschmack.

Schreib mir bald. Deine Briefe sind mein einziges Glück.

Eine zärtliche Umarmung, deine Agata

Casteldaccia, 7. November 1743

Liebe Agata,

Gaetano hat sich Gedanken gemacht, als ich mir bei ihm aufs Neue jungen Wein holen wollte. Er meinte, er würde mir lieber einen anderen geben, der „älter und klüger“ ist, aber „wie ein Geck“ duftet. Dann hat er eine verstaubte Flasche aus dem Keller geholt und sie mir mit komplizenhaftem Lächeln überreicht.

Mit seinen Augen geht es besser, sie sind immer noch gerötet, aber tränen nicht mehr. Seine Frau hat sie mit frischen Spinnweben und Pestessig behandelt. Aber sein Knie ist noch verbunden und er humpelt. Meinst du, ich sollte auf unsere Kosten einen Bader kommen lassen?

Die Nachrichten aus Palermo klingen hoffnungsvoll. Es heißt, die Epidemie sei vor der Zeit zum Erliegen gekommen und es gebe nur noch wenige neue Fälle. Die Kranken sind im Lazarett in Quarantäne. Unter den dreihundert Isolierten sind zwei Kinder.

Es gibt Stimmen, die von einer göttlichen Strafe sprechen. Ein empörter Gott, heißt es, der sich für die Schlechtigkeit der Sizilianer rächt. „Aber warum an unschuldigen Kindern?“, fragte ich. Giuseppa sah mich entsetzt an: „U Signori è giustu in chiddu chi fa e nun se po’ dirci ’na parola contro.“*

Alle loben das entschlossene Handeln von Vizekönig Corsini, sagen aber auch, dass er „wilde“ Ideen im Kopf hat, weil er die Stadt auf den Kopf stellen will, damit sie „sauber, gesund und ehrlich“ wird. Mir scheint das ein guter Plan, aber viele verziehen das Gesicht. Natürlich wäre es das Ende ihrer schmutzigen Geschäfte. Ich bin voller Vertrauen. Man wird sehen.

Heute Abend haben wir den „alten klugen Wein“ zum Essen getrunken. Auf den ersten Blick wirkt er unauffällig, farblos und geruchlos. Aber nachdem du einen Schluck getrunken hast, scheint sein Geschmack zu explodieren, sodass man sich fragt, ob man aus Versehen nicht aus einem Parfümflakon getrunken hat.

Der alte kluge Wein hat seine Wirkung getan, Antonios Augen sind rot geworden und fast aus den Höhlen getreten, danach hat er begonnen, über Leibniz zu dozieren, seinen augenblicklichen Gott: „Die Welt besteht aus

* „Der Herr ist gerecht in seinem Tun, und man darf ihm nicht widersprechen.“

Monaden, meine liebe Annuzza, diese Ureinheiten sind reine Energie, aber jede dieser Ureinheiten ist in sich abgeschlossen, wie können sie also miteinander kommunizieren? Was setzt sie in Beziehung?" Er war so euphorisch, dass er auf den Stuhl sprang und zu rezitieren begann, als ob er auf der Bühne stehen würde: „Die Monaden kommunizieren über eine vorbestimmte Harmonie, verstehst du? Genau das Gegenteil von dem, was Descartes sagt. Leibniz nennt ihn deshalb ein Schwein. Und ich sterbe fast vor Lachen … große Denker, die sich mit Steinen bewerfen … Ich komme um vor Lachen … Die materielle Welt, ich bitte dich, gut aufzupassen, die materielle Welt, liebe Cousine, die existiert nicht … ein Genie, ein wahres Genie, sage ich dir, er hat unter anderem einen Rechenapparat auf der Grundlage des numerischen Systems entwickelt … Verstehst du, wie großartig dieser Mann ist? Aber warum spreche ich eigentlich mit dir, du arme unschuldige Frau, über diese Dinge? Du verstehst es ja doch nicht und ich spreche ins Nichts. Weißt du, was das Leben ist, liebe Cousine, weißt du das? Ich sage es dir: Das Leben ist ein dumpfer traumloser Schlaf." Mit einer tiefen Verbeugung stieg er vom Stuhl und legte den Kopf auf den Tisch. Und schlief ein.

Cousin Antonio ist ein großer Denker und leidenschaftlicher Mensch, aber er ist schnell betrunken. Schade, dass er sich immer in die falschen Frauen verliebt. Im

Moment hegt er eine große Leidenschaft für eine Opernsängerin, die schöne Tatiana Rosbow, die große Erfolge auf der Bühne feiert. Aber sie nimmt ihn nicht ernst, lässt sich Juwelen schenken und ihn am langen Arm verhungern. Er ist verrückt nach ihr. Leibniz und die schöne Tatiana füllen sein Leben aus, auch wenn der eine schon länger tot ist und die andere sich gar nicht für ihn interessiert. Er mag auch seine Cousine Annuzza und ist gern mit ihr zusammen, weil sie ihn für seine Leidenschaften nicht kritisiert, so sagt er jedenfalls, und ich nehme ihn in den Arm, weil er mich rührt. Und er hat die gleiche Körpersprache wie mein Vater, der wiederum sehr an seinen Bruder Giacomo erinnert. Beim Anblick seines schmächtigen agilen Körpers auf dem Hof hatte ich das Gefühl, als würde ich meinen Vater vor mir sehen, und das stimmte mich sentimental, dagegen war ich hilflos.

Ich bin ein wenig müde, weil ich mich hier eingesperrt fühle. Ich träume oft, dass ich, wie Rabelais' Alcofrybas, Pantagruels Mund betrete und mich inmitten von Wäldern und blühenden Wiesen wiederfinde, frei und unbeschwert, weit weg von der tödlichen Krankheit.

Deine Annuzza

Castanea, 18. November 1743

Liebe Annuzza,

heute hat Kellogg hohes Fieber. Ich mache mir Sorgen um ihn und um Mariannina, die noch immer schwach und anfällig ist. Ich versuche, möglichst viel Abstand zwischen die beiden zu bringen.

Es war sicher keine gute Idee von ihm, nach Messina zu reisen, wo noch immer so viele Menschen sterben. Aber er hat einen starken Willen, wenn er sich zu etwas entschlossen hat, dann setzt er das auch um und stellt sich der Gefahr. Und ich bin hier, koche Handtücher und Bettlaken in einem riesigen Bottich über offenem Feuer.

Ich vermisse Girolamo sehr, ich habe keinerlei Nachrichten von ihm. Ist er schon bei dir in Casteldaccia? Ich habe Angst, dass ihn sein unruhiges Wesen in Schwierigkeiten bringt. Lass es mich wissen, wenn du etwas erfährst.

Wer weiß, ob er wirklich in Messina war … Aber wahrscheinlich ist Palermo nicht weniger gefährlich als Messina, auch wenn es heißt, dass sich die Krankheit dort in Grenzen hält. Weißt du Näheres darüber?

Deine Agata

Casteldaccia, 28. November 1743

Liebe Agata,

Girolamo ist noch nicht in Casteldaccia angekommen.

Es tut mir leid für Kellogg, aber wenn du von seiner Dickköpfigkeit sprichst, dann schätzt du ihn richtig ein. Auch ich habe bemerkt, dass er stur das tut, was er sich vorgenommen hat, ohne an die Risiken zu denken.

Ich habe dir noch gar nicht erzählt, wie wir Kellogg kennengelernt haben. Cousin Antonio war vor zwei Jahren in England und dort bei Signora Kellogg zu Gast, der Mutter unseres Freundes John. Sie vermietet Zimmer in ihrem großen Haus in London. Wenn man Antonios Berichten glaubt, muss es dort sehr schön sein, die Zimmer haben Erkerfenster, *bow windows*, wie man sie dort auf der Insel nennt. Das Haus hat zwei Stockwerke und einen Keller voller Bier. Antonio wohnte im ersten Stock, direkt neben dem Zimmer von John Kellogg. So haben die beiden sich angefreundet. Sie gingen gemeinsam zu

Konzerten bei Kerzenlicht, ihre Liebe zur Musik verbindet sie. Mit glänzenden Augen hat mir Antonio von einem musikalischen Duell zwischen zwei berühmten Cembalisten berichtet, Bukkle und das indische Genie Baradesh, deren Instrumente einander gegenüberstanden. Irgendwann wurden die Kerzen gelöscht und sie musizierten im Dunkeln weiter, ohne auch nur eine einzige falsche Note zu spielen. Am Ende applaudierten die Zuschauer frenetisch und trampelten mit den Füßen auf den Boden.

Nach Antonios Abreise aus London haben die beiden Briefe gewechselt und für dieses Jahr geplant, sich in Italien wiederzusehen. Antonio meinte, dass es besser wäre, wegen der Pest den Besuch zu verschieben, aber der Brief kam zu knapp vor Kelloggs Abreise an, und er beschloss, trotzdem zu fahren.

„Gibt es eine Verlobte?", habe ich Antonio gefragt.

„Wie es aussieht, nicht." Und scherzhaft fügte er hinzu: „Johns Verlobte ist seine Mutter."

Sie sei eine immer noch wunderschöne, aber äußerst besitzergreifende Frau. Johns Vater hat sich das Leben genommen. John hat ihn eines Morgens im Bad gefunden, als er sich rasieren wollte, der Vater hatte sich aufgehängt. Vielleicht ist seine Mutter deshalb so ängstlich seinetwegen, weil er seinem Vater sehr ähnelt.

Ich weiß nicht … Für mich ist John jedenfalls ein netter junger Mann, er hat viel zu erzählen und spricht gut Italienisch, was für einen Engländer eher selten ist. Er sagt, dass er auch Sizilianisch lernen möchte, und führt deshalb lange Gespräche mit Giuseppa, die ihn ein bisschen reserviert behandelt, denn für sie ist ein Adliger, der sich mit einer Dienerin unterhält, kein richtiger Adliger. Er lacht nur und sagt zu ihr, sie sei ein Snob, noch schlimmer als George II. Stell dir meine Überraschung vor, als er eines Morgens Lateinisch gesprochen hat! Schließlich haben wir diesen John Kellogg alle ins Herz geschlossen, und das ist wichtig, wenn man zusammenleben will.

In Liebe, Annuzza

Castanea, 8. Dezember 1743

Liebe Annuzza,

Ich wusste gar nicht, dass Kellogg so ein dramatisches Leben hatte. Seinen Vater aufgehängt im Badezimmer zu finden muss ein verstörendes Erlebnis gewesen sein. Das tut mir leid für ihn. Aber nach allem, was du über ihn schreibst, scheint er kein trübsinniger Mensch zu sein, der die anderen mit seiner Vergangenheit belastet. Und das macht ihn mir sympathisch.

Ich habe noch nichts von Girolamo gehört. Er meldet sich nicht und ich weiß nicht, was ich davon halten soll. Schreib mir, wenn du Neuigkeiten von ihm hast. Aber mein wunderschöner Ehemann ist genauso ein Dickkopf wie der Engländer, wenn er sich etwas in den Kopf gesetzt hat, dann gibt es nichts, was ihn umstimmen kann. Ich habe Angst, dass er krank wird oder sich in Schwierigkeiten bringt. Und in seiner Großzügigkeit ist er immer so hitzköpfig.

Wenn seine Mutter über ihn spricht, werden ihre Augen sanft und freundlich, ich höre ihr gerne dabei zu.

Sie erzählte mir, wie er als Kind war, groß gewachsen, hübsch anzusehen, mit eigenem Kopf, aber nie launisch oder anmaßend. Und sie fügte hinzu: „Er sagte Ja, aber dann machte er es doch genau so, wie er es wollte." Er liebte immer schon die Jagd. Einmal hat er sogar einen Falken mit nach Hause gebracht, aber das ging nicht lange gut. Nachdem er ihm fast ein Auge ausgehackt hätte, hat er den Vogel wieder freigelassen.

Sie hat mir auch erzählt, dass seine große Liebe die Tochter eines Zimmermanns war, die er um jeden Preis heiraten wollte. Aber zum Glück, sagte sie jedenfalls, starb die junge Frau mit achtzehn Jahren an Tuberkulose. Er hat sehr gelitten, so sehr, dass er ins Kloster gehen wollte. Sie habe ihn überzeugt, das nicht zu tun, mithilfe von *Gremolata* und Süßigkeiten, *Pasta Reale*, Melonensorbet, *Cassateddi* und *Teste di Turco*. Wenn sie so von ihrem Sohn spricht, wird sie rot. Für sie ist er ein Engel, der vom Himmel gekommen ist, ein Wunder, wie Dantes „miracolo mostrare". Es überrascht nicht, dass der gute Girolamo entsprechend verwöhnt ist. Aber er hat es nie so ausgenutzt, wie er es gekonnt hätte.

Er hat tatsächlich etwas von einem Engel, Annuzza. Die Anmut, mit der er sich bewegt, sein sanftes Lächeln, so unschuldig, dass man ihm seine Selbstverliebtheit verzeihen muss.

Bitte gib mir Bescheid, wenn er sich bei dir meldet.

Eine feste Umarmung, Agata

Casteldaccia, 18. Dezember 1743

Liebe Agata,

ich kann dir gar nicht sagen, wie überrascht ich war, als ich heute Morgen um sieben die Tür öffnete und nicht der Bauer mit dem Ricotta vor mir stand, sondern Girolamo in seiner staubigen Redingote, die Haare zerzaust und völlig außer Atem, seine Hände umklammerten die Zügel eines schweißbedeckten Pferdes.

Er sagte kein Wort und legte sich völlig erschöpft auf den Boden, während sein Pferd rund um den Turm zu grasen begann.

Auch ich war sprachlos, ging ins Haus zurück und bereitete ein Zimmer für ihn vor.

In der Zwischenzeit begann Antonio ihn auszufragen. Aber Girolamo antwortete nur einsilbig. Ich hatte den Eindruck, dass ihm die Situation unangenehm war. Dabei hat ihm Antonio erzählt, dass er am Nachmittag abreist, in Palermo scheint sich die Lage zu stabilisieren und das Leben wieder seinen Lauf zu nehmen. Jedenfalls sagen die Behörden das so.

Später haben wir alle gemeinsam gegessen, es gab frittierte Sardellen und einen köstlichen Salat aus Orangen und grünen Oliven, dazu das feine Weizenbrot aus Casteldaccia.

Ich möchte dir meine Freude über seine Anwesenheit nicht verhehlen. Auch wenn er bald wieder abreisen wird. Will ich wirklich, dass er seine Frau verlässt, meine beste Freundin, und seine Tochter, die süße Mariannina, damit er mit mir zusammenlebt? Ich glaube nicht. Ich hätte keine Ruhe mehr, Agata. Wenn ich ihn jedoch vor mir sehe, hätte ich ihn gerne ganz für mich allein. Das sage ich dir in aller Aufrichtigkeit. Aber gleichzeitig bin ich mir ganz sicher, dass er mit dir zusammenleben möchte und deshalb zu dir zurückkehren wird. Ich begnüge mich mit diesem kleinen Geschenk, halte ihn einige Augenblicke im Arm, in der Gewissheit, dass ich ihn wieder verlieren werde.

In Liebe, Annuzza

Castanea, 29. Dezember 1743

Liebe Annuzza,

ich war in großer Sorge, weil ich nichts von Girolamo gehört hatte. Jetzt weiß ich, dass er bei dir ist, und bin ruhiger.

Ich habe den Bader gerufen, er hat Kellogg ein starkes Abführmittel gegeben und ihn mit einem Brei aus Kaktusfeigen und Essig eingerieben. Heute scheint es ihm noch schlechter zu gehen. Mariannina habe ich verboten, ihr Zimmer zu verlassen, um ja nicht in Kelloggs Nähe zu kommen. Und ich wasche mir hundert Mal die Hände und das Gesicht, nachdem ich bei ihm war und ihm Mut zugesprochen habe, bevor ich zu meiner Tochter gehe. Außerdem, das habe ich dir schon geschrieben, koche ich ständig die Handtücher und die Bettlaken unseres Gastes aus.

Der junge Kellogg verliert die Hoffnung nicht. Er ist optimistisch, dass er bald wieder gesund werden und Steine für seine Vulkanstudien suchen wird.

Was passiert, wenn ich krank werden sollte? Ich versuche mich, so gut es geht, zu schützen, trage Handschuhe und bedecke meinen Mund mit einem Schal, wenn ich zu Kellogg hineingehe.

Auch Crocifissa passt auf, vielleicht sogar noch mehr als ich. Sie geht gar nicht zu ihm und lässt mich das Tablett mit dem Essen in sein Zimmer bringen, auch wenn er kaum etwas zu sich nimmt. Gestern hat er Milch getrunken und sofort wieder von sich gegeben.

Es scheint, als ob die Epidemie langsam abklingen würde, man sagt, das Schlimmste sei überstanden. Aber immer noch sterben Menschen.

Ich wünsche mir, dass Girolamo glücklich ist. Hier allerdings sind die Glücksmomente spärlich gesät, im Vordergrund stehen Leid und Angst.

Traurig, aber wie immer auch in Liebe, Agata

Casteldaccia, 8. Januar 1744

Liebe Agata,

Cousin Antonio ist nach Palermo gereist, wo er mit seinen Freunden den Neujahrstag feiern wollte. Er schlug vor, dass ich später nachkommen solle, dort sei es sicher, wir könnten bestimmt bald nach Hause zurück. Aber meiner Meinung nach ist er zu optimistisch, ich warte lieber ab, bis es keine Todesfälle mehr gibt. Als ich ihn auf seinem schwarz-weiß gescheckten Pferd davonreiten sah, überkam mich kurz die schlimme Vorahnung, dass ich ihn nie wiedersehen würde.

Girolamo scheint hier glücklich zu sein, zusammen mit mir in diesem einfachen Turm, wo man auf dem Boden schläft und an einem Kasernentisch isst. Ich finde, er wirkt älter, über den Ohren färben sich seine Locken grau. Aber wie sollte es anders sein in Zeiten wie diesen?

In seinem Glück wirkt er unglücklich. Und ich teile sein Glück und sein Unglück. Hinter diesem widersprüchlichen Gefühl lauern dunkle Schatten. Oder vielleicht auch helle Schatten, die Tatsache, dass er bald nicht mehr da sein wird, die Leere, all das, was fehlen wird.

Gestern haben wir einen langen Ritt durch den Wald gemacht. Ich habe schon lange nicht mehr auf einem Pferd gesessen. Wir haben die Destrierrösser von Gaetano genommen, von unserem stets freundlichen Gott des Weines, der seine Tage zwischen den Eichenfässern verbringt und seine Nase prüfend über den Nicuzzo, den Savio und den Chimera hält, drei Weine, die er geschaffen hat und die in ihrer blumigen und würzigen Frische ganz ausgezeichnet sind. „Nehmt sie ruhig, ich habe im Moment sowieso keine Zeit zu reiten." Dieser Mann ist so zuvorkommend und großzügig, dass es mich jedes Mal sprachlos macht.

Heute ist ein Brief aus Palermo eingetroffen. Antonios Haus wurde geplündert, während er hier bei mir war, sie haben alles mitgenommen, sogar die Teppiche. In unserem Haus ist alles in Ordnung. Carmelina, Giuseppas andere Schwester, bewacht es wie eine Glucke ihre Küken. Sie hat es in diesem Chaos gegen alle Eindringlinge verteidigt.

Zum Glück ist sie nicht krank geworden, sie hatte sich im Haus eingeschlossen, die Läden verriegelt und nicht mal für die Heilige Messe in der nahen Kirche die Nase nach draußen gesteckt.

Antonio hat in seinem Brief die Verstorbenen aufgelistet: Baron Musumeci, Kardinal Rendina, die Contessa Giordano. Die beiden toten Kinder sind die Söhne des Hausmeisters der Palandras, sie haben sie den Kapuzinermönchen übergeben, damit sie sie einbalsamieren. Er schreibt, dass er die Kleinen im Kloster aufgebahrt gesehen hat: „Sie schienen ganz ruhig zu schlafen, die Bäckchen waren rosig, die pechschwarzen langen Wimpern hoben sich deutlich von der schneeweißen Haut rund um die Augen ab. Die Mönche haben gute Arbeit geleistet. Ich würde mich nicht wundern, wenn in hundert Jahren jemand die beiden erwischen würde, wie sie sich aufrichten, den Schweiß von ihren Gesichtern tupfen und nach einem Glas Wasser fragen."

Und das alles in seiner holprigen Handschrift mit meergrüner Tinte.

Girolamo ist im Aufbruch. Er hat es eilig, zu dir und Mariannina zurückzukehren. Ich verstehe ihn, aber es tut mir weh. Einstweilen bittet er mich um ein Glas Malvasier, den Wein, der nach Zitronenverbene und Traubenmost schmeckt, eine von Gaetanos gelungensten Schöpfungen.

Morgen wollen wir ans Meer fahren. Vielleicht machen wir eine Tour mit Gaetanos Boot, der mit seinem verletzten Knie derzeit sowieso nicht rudern kann.

Bis bald, Annuzza

Castanea, 19. Januar 1744

Liebe Annuzza,

letzte Nacht ist etwas Schreckliches geschehen. Kellogg hat zu delirieren begonnen. Er wollte unbedingt aufstehen und Mariannina umarmen, die er ins Herz geschlossen hat. Er ist ein kräftiger Mann und ich konnte ihn kaum aufhalten, ich habe ihm die Tür vor der Nase zugeschlagen. Sein Körper ist aufgedunsen und voller Pusteln. Es tut mir leid, aber ich kann nicht zulassen, dass er meine Tochter ansteckt. Crocifissa hat ihn beschimpft und ihn in einem Anflug von Wut sogar angezeigt. Eine Stunde später kamen die Monatti, die Leichenträger, und brachten ihn weg.

Wenn du wüsstest, wie er geschrien hat! Es tut mir in der Seele weh, es war ganz furchtbar. Er war außer sich, beleidigte die Leichenträger, nicht auf Englisch, sondern in Latein. Der kleinen Mariannina warf er Kusshändchen zu, während ihm die Tränen über die eingefallenen Wangen liefen.

Der arme Kellogg! Wer weiß, ob er im Lazarett überlebt. Aber im Grunde meines Herzens bin ich froh, dass er nicht mehr im Haus ist. Irgendwann hätte er mich oder Crocifissa oder das Kind angesteckt. Im Augenblick sieht es so aus, als wären wir verschont geblieben.

Erzähl mir mehr von Girolamo. Ich weiß, dass er mit dir glücklich ist. Und ich sage mir, dass ich das möchte. Und doch schmerzt es mich und schnürt mir das Herz ab. Nicht aus Eifersucht, glaube mir, wie könnte ich auf meine Herzensschwester eifersüchtig sein? Es ist das Gefühl des Verlusts und des Verlassenwerdens, der Gedanke, dass ich nicht fähig war, dauerhafte und tiefe Liebe in seinem aufgewühlten Herzen zu wecken.

Ich grüße dich voller Trauer und zärtlicher Liebe.

Deine Agata

Casteldaccia, 30. Januar 1744

Liebe Agata,

gestern schien die Sonne und es war fast sommerlich mild, deshalb haben wir einen Bootsausflug gemacht. Das Meer war spiegelglatt, durchscheinend und wohlriechend. Girolamo ruderte und erzählte mir vom Ende der Welt. Aber auch von der Liebe. Er scheint innerlich zerrissen, nicht nur zwischen dir und mir, sondern auch zwischen dem Wunsch zu leben und dem Wunsch zu sterben. Ich schaute ihn bewundernd an, in meinen langen Röcken, die an den Rüschen ganz salzig wurden, und mit meinem kleinen Sonnenschirm über der Schulter kam ich mir ein wenig lächerlich vor. Verliebt wie ein hungriges Vögelchen, vielleicht fügsamer, als es statthaft ist, bezaubert von diesem gebräunten Körper und dem Spiel der Muskeln. Wir ließen uns ans Ufer treiben und warfen den Anker, der nicht mehr als ein Stein an einem langen Seil war. Ich habe aus meinem Korb die mit

Auberginen, Kapern und Tomaten belegten Brötchen hervorgeholt. Ich hatte auch Gaetanos neuen Wein dabei, aber den wollte Girolamo nicht. Er trank lieber Wasser, er meinte, vom Wein würde er müde, aber dann ist er trotzdem an meine Schulter gelehnt eingeschlafen. Mein kleiner Sonnenschirm spendete uns Schatten.

Manchmal kommt er mir wie ein Kind vor, das Schutz und Fürsorge braucht. Dann wieder wirkt er sehr viel älter, als er tatsächlich ist, klug, voller Trauer und von Zweifeln geplagt, die ihn aussaugen wie Blutegel.

Während ich ihn küsse, habe ich dir gegenüber ein schlechtes Gewissen. Und ich sage mir, ich muss ihn zurückweisen, aber das kann ich nicht, ich bekenne ganz ehrlich, seine Küsse entfachen ein Fieber in mir, auch wenn ich weiß, dass es morgen wieder weg ist, kann ich nichts dagegen machen, ein Feuer, das mein Herz zum Leuchten bringt.

Entschuldige meine Offenheit, aber ich weiß, dass du mich verstehen wirst.

Voll ewiger Liebe und Zärtlichkeit, deine Annuzza

Castanea, 10. Februar 1744

Liebe Annuzza,

wie ich dich um euren Bootsausflug beneide. Einen Augenblick lang war ich eifersüchtig, wie ein Messer fuhr mir das Gefühl mitten ins Herz und ließ mich bluten. Ich konnte nicht einschlafen und nahm einen Löffel Laudanum. Als ich aufwachte, war das Haus leer, Crocifissa war mit Mariannina unterwegs, alles war still. Bestürzt betrachtete ich die armseligen Reste unseres Sonntagsmahls. Die Stille wurde nur vom traurigen Iahen der Esel durchbrochen. Warum das so traurig klingt, kann ich nicht sagen. Das Bellen der Hunde in der Ferne erinnerte mich an die Abwesenheit des geliebten Mannes. Warum liebt man? Und warum genau diesen und keinen anderen? Warum drängt uns der Instinkt dazu, einen Körper besitzen zu wollen, als wäre er unser Eigentum? Und warum leiden wir, wenn sich jemand anderes diesem Körper nähert?

Auf all diese Fragen habe ich keine Antwort. Ich versuche meine Fantasie im Zaum zu halten, weil ich sonst leiden würde. Ich versuche das Hier und Jetzt zu sehen, diese blühende Landschaft, die Menschen, die im nahen Messina leiden und sterben, und die kleine Mariannina, die Tag für Tag größer und vernünftiger wird.

Bitte schreibe mir nichts mehr über euer Zusammensein. Ich möchte lieber nicht daran denken. Ich würde dann zur Komplizin werden und das möchte ich nicht. Ich muss meinen Geist zwingen abzuschalten, und wenn ich mich zwinge, dann gelingt es mir auch. Ich muss die Zügel straff halten und den Weg, der vor mir liegt, allein gehen, geradeaus, ohne nach rechts oder links abzubiegen. Wird mir das gelingen? Ich denke schon. Und es wird unsere Freundschaft sein, in ihrer freudvollen Heiligkeit, die mich davon abhalten wird, die Schwelle zu Schmerz und Eifersucht zu überschreiten.

Mit zärtlicher Umarmung, deine Agata

Casteldaccia, 21. Februar 1744

Liebe Agata,

gestern Abend sind wir nebeneinander eingeschlafen, nachdem wir mit Gaetanos wunderbarem Malvasier angestoßen hatten. Beim Aufwachen heute Morgen war Girolamo nicht mehr da.

Ich wusste, dass ich ihn verlieren würde, hatte aber insgeheim gehofft, nicht ganz so schnell. Natürlich kehrt er zu dir zurück. Ich stelle ihn mir auf dem Pferd vor, in all seiner körperlichen und geistigen Schönheit, den Mann, in den sich alle verlieben, die in seine Nähe kommen, den ruhe- und rastlosen Mann, dem alle Unarten verziehen werden, weil seine Schönheit und seine Intelligenz Nachsicht verlangen. Das Wichtigste ist, dass das Band zwischen uns nicht zerstört wird, Agata. Die Freundschaft muss stärker sein als die Liebe. Die Freundschaft ist ewig, die Liebe ist fragil und zerbrechlich und dazu bestimmt, jung zu sterben.

Wenn das alles vorbei ist, dann werden wir wieder reisen, zu Pferd oder in der Kutsche, die Straße zwischen Messina und Palermo wird die Route unserer Freundschaft sein, wir werden uns immer nah und miteinander vereint sein, verbunden durch unsere tief verwurzelte Freundschaft.

Ich umarme dich, Annuzza

Castanea, 2. März 1744

Liebe Annuzza,

Kellogg ist tot. Die Monatti sind nach Castanea gekommen, um uns die Nachricht zu überbringen. „Müssen wir ihn nach England transportieren lassen?", haben sie mich fast entschuldigend gefragt. Aber es steht im Gesetz, dass die Leichen der Pestkranken verbrannt werden müssen, und ich fürchte, dass auch Kellogg dieses Schicksal nicht erspart bleiben wird.

Kurz danach erschien Girolamo. Er war schlechter Laune und machte mir schlimme Vorwürfe. Wie ich es zulassen konnte, unser Kind in Gefahr zu bringen, das sei leichtfertig und unverantwortlich gewesen. Ich würde mich nicht so um sie kümmern wie nötig. Er war voller Sorge.

Aber was hätte ich denn machen sollen, den elendig kranken Kellogg auf die Straße setzen? „Ich war sehr vorsichtig", habe ich geantwortet und schließlich sind ja

Mariannina, Crocifissa und ich auch gesund. Aber er war aufgebracht und enttäuscht von mir, dass er sich nicht beruhigen ließ und die Tür zum Schlafzimmer hinter sich zuschlug. Aber später schien er sein Verhalten zu bereuen, er wartete auf mich, als ich auf Zehenspitzen ins Schlafzimmer schlich. Er hat sich entschuldigt und mich liebevoll umarmt, dieses Mal schien er aufrichtig zu sein.

Er weiß, dass ich weiß, dass er bei dir war. Vielleicht bedauert er das, will es aber nicht zugeben und ist deshalb so barsch. Aber ich kenne ihn zu gut, er ist in seiner Unsicherheit gefangen. Er möchte ein guter Ehemann sein, aber gleichzeitig seine Zeit mit dir verbringen.

Kann man zwei Ehefrauen nebeneinander haben? Nun ja, es gibt Länder, in denen das erlaubt ist. Da dürfen es bis zu vier sein. Wahrscheinlich liebt der Ehemann nicht alle vier gleichzeitig. Erst eine, wenn diese dann älter wird, eine zweite, und schließlich eine noch schönere und jüngere. Das sind seit jeher die Privilegien der Männer. Aber kann man zwei Frauen gleichzeitig lieben? Wenn man Girolamo betrachtet, dann ja. Ein schwer zu lösendes Rätsel, besonders wenn alles klar auf der Hand zu liegen scheint.

Es ist nicht leicht, liebe Annuzza, mit einem Gespenst hinter sich zu leben. Aber du bist ja kein Gespenst, sondern eine wunderbare, großzügige Freundin, die sich durch Zufall in einer so komplizierten, dornenreichen Situation wiedergefunden hat.

Es heißt, die Pest habe ihr Schlachtfest beendet. Messina hat mittlerweile mehr als die Hälfte seiner Einwohner verloren. Es war die richtige Entscheidung, hierher in diese menschenleeren Berge zu gehen, auch wenn wir unter Kälte und Hunger gelitten haben, der schwarzen Sensenfrau aber sind wir entkommen.

Wir denken immer noch nicht daran, nach Messina zurückzukehren.

Meine Schwiegermutter mit den Falkenaugen, die über die Finanzen der Familie wacht, schickt uns jetzt alle zwei Wochen Geld. Ich weiß nicht, wie sie herausgefunden hat, dass Girolamo bei dir in Casteldaccia war, aber jetzt schreibt sie mir Briefe voller Vorwürfe: „Was bist du eigentlich für eine dumme Frau, wenn du nicht mal einen Mann wie Girolamo halten kannst? Wir wissen alle, dass ihn seine Schönheit anfällig und begehrenswert für andere Frauen macht. Du hast viele Rivalinnen, aber du bist seine Ehefrau und musst ihn an die kurze Leine nehmen, sonst wirst du ihn verlieren."

Aber ich glaube nicht, dass Liebe eine Verpflichtung ist oder dass man einen Menschen an die Leine nehmen kann, auch wenn sie noch so stabil ist. Ich hoffe, dass mein bescheidener philosophischer Geist mir dabei hilft, der Realität zu begegnen, ohne den Kopf zu verlieren. Und vor allem ohne das Schönste auf der Welt zu opfern: die Freundschaft.

Deine Agata

Casteldaccia, 13. März 1744

Liebe Agata,

danke für deinen schönen Brief. Ich glaube auch, dass die Freundschaft unser wertvollstes Gut ist. Sie muss verteidigt und erhalten werden.

Ich vermisse den schönen Girolamo. Aber ich habe begonnen, mich anderweitig umzusehen, denn ich habe verstanden, wie dumm meine Liebe für ihn ist, selbstsüchtig und unangemessen. Meinst du, ich finde einen anderen, der mich lieben kann? Ich bin erst sechsundzwanzig … aber trotzdem nicht mehr jung. Für eine Frau kommt das Alter rasch und es ist grausam, aber ich vertraue in die Zukunft und hoffe, einen netten Mann zu finden, einfühlsam, freundlich und vielleicht sogar gut aussehend. Will ich zu viel, was meinst du? Aber versuchen kann ich es.

In wenigen Tagen werde ich mit Giuseppa nach Palermo zurückkehren. Sie hat hier in den Bergen zugenommen. Ihre Schwester Carmelina ist leider gestorben. Giuseppa trauert so sehr, dass sie drei Tage lang nicht aufgestanden ist. Ich habe ihr etwas zu essen gebracht, aber sie hat keinen Bissen angerührt. Die beiden Schwestern waren eng verbunden. Ich kann mir nicht vorstellen, wie sich Carmelina anstecken konnte, sie hat das Haus so gut wie nie verlassen. Aber es heißt, die Pest sei wie eine Wolke, die auch durch die Fenster und unter den Türen hindurchdringt. Sie sei in der Luft, die wir atmen. Deshalb sind die Menschen in Palermo jetzt mit Fächern unterwegs, um die schlechte Luft von sich wegzuwedeln.

Ab nächsten Monat suche ich den richtigen Mann für mich. Wirst du mir dabei helfen?

Wie immer, in Liebe, Annuzza

Castanea, 24. März 1744

Liebe Annuzza,

wenn du es wirklich willst, werde ich dir helfen. Aber was passiert, wenn Girolamo erfährt, dass du dich in einen anderen Mann verliebt hast?

Ich fürchte, dass uns das beide unglücklich machen würde. Ich habe das Gefühl, gegen jede moralische Regel zu handeln, aber ich bitte dich, meinen Mann weiterhin zu lieben, denn sonst wird er leiden und dadurch leide auch ich. Ich weiß, dass er weder dir noch mir, noch unserer Tochter etwas Schlechtes antun würde, aber das Leid ist per se etwas Schlechtes, wenn es dich packt, dann überträgt es sich auch auf die Menschen an deiner Seite.

Kommt dir das verrückt vor? Anstößig? Vielleicht ist das auch ein wenig so. Aber die Bitte, Girolamo weiter zu lieben, kam ganz spontan, um dieses Gleichgewicht in unserem Leben zu erhalten, das mich zwar leiden lässt, aber es ist immer noch besser als eine Beziehung, die nur auf Verpflichtung beruht, zu der es unausweichlich kommen würde.

Girolamos Schönheit ist seine Stärke, aber auch seine große Schwäche. Von Kindesbeinen an war sein Leben davon geprägt, dass man ihn begehrte. Er hat mir erzählt, dass seine Mathematiklehrerin ihn um jeden Preis küssen wollte. Er versuchte zu fliehen, aber sie packte ihn, presste ihn gegen die Tür, umarmte und küsste ihn. Zum Glück kamen andere Schüler hinzu und er konnte sich befreien.

Ein anderes Mal kam eine Gönnerin des Klosters auf ihn zu und griff ihm mit ihrer Klauenhand an den Oberschenkel, sie wollte ihn gar nicht mehr loslassen. Sein Leben ist von jeher von der Flucht bestimmt. Er ist immer wieder vor jemand weggelaufen, so wie jetzt vor mir, hin zu dir.

Aber ich weiß, dass es umgekehrt genauso wäre, er würde vor dir fliehen, um zu mir zu kommen. Er ist ein Mann auf der Flucht.

Ein bisschen wie bei der schönen Helena, findest du nicht? Viele Männer wollten sie für sich und am Ende ist sogar ein Krieg um sie ausgebrochen. Ich möchte nicht, dass zwischen uns wegen Girolamo ein Krieg ausbricht. Um nichts auf der Welt soll unsere Freundschaft leiden, Annuzza, deshalb bitte ich dich, ihn weiter zu lieben, weil sich in diesem Dreieck eine gewisse Harmonie eingestellt hat, die verloren ginge, wenn du dich ihm verwehren würdest.

Wie stets, in Liebe, Agata

Casteldaccia, 4. April 1744

Liebe Agata,

ist dir klar, um was du mich bittest? Ich soll deinen Mann weiter lieben, damit ein Gleichgewicht erhalten bleibt, das du für unabdingbar hältst? Übertreibst du nicht ein bisschen? Ich wollte mich dieser Liebe entziehen, gerade um die Balance zwischen dir und deinem Mann nicht zu stören. Aber du bittest um das Gegenteil, damit du ihn nicht verlierst. Ist das Ganze nicht ein wenig krankhaft?

Entschuldige, aber ich bin verwirrt. Ich weiß nicht mehr, was ich machen soll.

Wir sind weiterhin in Casteldaccia, weil auf der Insel immer noch Menschen sterben, auch wenn die Behörden etwas anderes behaupten. Aber ich traue ihnen nicht. Deshalb bleibe ich hier. Es heißt, es gäbe keine neuen Fälle. Aber was ist mit denen, die im Lazarett sterben? Die Antwort lautet, dass sie schon vorher krank waren. Die neuerliche Kältewelle hilft nicht, die Krankheit einzudämmen. Die Menschen schließen sich zu Hause ein, zünden ein Feuer an, man ist sich nah, um sich zu wärmen. Ich bleibe auch zu Hause und halte die Läden verschlossen.

Die meisten Leute, die sich in die Berge und aufs Land zurückgezogen haben, kehren nach Palermo zurück. Aber ich bin misstrauisch. Ich habe Angst, dass man uns die Wahrheit verschweigt, um das Leben in der Stadt wieder in Gang zu bringen, die Kaufleute zu bewegen, ihre Geschäfte wieder zu öffnen, und die Menschen zu ermuntern, zur Arbeit zu gehen.

Wir bleiben noch ein wenig hier. Cousin Antonio schreibt mir, dass er Fieber habe. Hoffen wir, dass er nicht auch krank wird.

Deine unsichere und hin- und hergerissene
Annuzza

Castanea, 15. April 1744

Liebe Annuzza,

du hast recht, mein Verhalten ist egoistisch. Aber die Vernunft sagt mir, dass der schönste und zärtlichste aller Ehemänner, mein geliebter Girolamo, es mich bezahlen lassen würde, wenn er dich verlöre. Nicht mit Gewalt, dazu hat er ein zu weiches und empfindsames Herz, aber mit Abwesenheit und Schweigen. Die Zerrissenheit seiner Gefühle ist es, die ihn antreibt und ihm das Gefühl von Freiheit gibt, trotz aller Unruhe. Deshalb habe ich dich gebeten, ihn nicht zu verlassen. Aber ich verstehe auch deine Gedanken. Du hast ein Recht darauf, einen Mann ganz für dich allein zu haben. Und ich werde dir helfen, den Richtigen zu finden. Aber im Grunde meines Herzens wünsche ich mir, dass Girolamo und du euch weiterhin trefft und begehrt. Auch wenn ich darunter leide. Dass ich ihn teile, ist im Augenblick das kleinere Übel.

In Messina waren die Zahlen der Kranken und Toten stark zurückgegangen, sodass man sogar an eine Rückkehr denken konnte, jetzt hat eine zweite Welle die Lazarette überschwemmt und als logische Konsequenz ist auch die Zahl der Toten wieder gestiegen. Das hat mir jedenfalls meine Schwiegermutter Rosalia geschrieben. Man weiß nicht, woher diese Krankheit kommt. Manche verdächtigen Keime im Wasser, andere den Unrat, der auf die Straße geworfen wird, die Ausdünstungen würden giftige Gase freisetzen. Wieder andere sind sicher, dass es die Mäuse sind, die uns durch ihre Parasiten, die vom Tier auf den Menschen übertragen werden, anstecken.

Girolamo hat entschieden, dass wir noch hierbleiben. Zu viele Freunde und Verwandte sind in den letzten Tagen gestorben. Signora Cannavò ist glücklich darüber, denn das bedeutet weiter feste Einnahmen. Und wenn sie Geldbündel sieht, plustert sie sich auf wie eine Eule, die eine dicke, fette Maus erspäht hat, die sie gerne fressen würde.

Ich umarme dich ganz fest.

Deine Agata

Casteldaccia, 26. April 1744

Liebe Agata,

auch wenn du deinen Wunsch nicht geäußert hättest, würde ich deinen Mann weiter lieben, weil sich in der Liebe nichts erzwingen lässt, sie geht ihren eigenen Weg. Deshalb musst du dir keine Sorgen machen. Es hat sicher einen Grund, dass man in der Antike annahm, ein kleiner Gott, der Spaß daran hatte, mit Pfeil und Bogen zu schießen, sei verantwortlich für die Liebe. Dieser knabenhaften Putte gefiel es, wenn ein Herz verrückt spielte, ein Wort auf den Lippen gefror oder jemand verstummte, weil sich eine Hand näherte.

Seitdem Girolamo in mein Leben getreten ist, bin ich wie verzaubert, ich weiß, dass er ein schöner Schatten ist, der verschwindet, wenn ich mich ihm nähere. Und je näher ich ihm komme, desto weniger werde ich ihn erreichen. Er wird immer zurückweichen, obwohl er liebevoll und zuvorkommend ist.

Gestern ist Cousin Antonio zurückgekommen. Ich hätte ihn fast nicht erkannt, so sehr hat die Krankheit ihn verändert. Wie durch ein Wunder hat er überlebt. „Die Pest, meine liebe Cousine, ist grausam und niederträchtig. Die Krankheit ist eine Hure, sie hat mich geschnappt, mir alle Haare ausgerissen, mich im Fieber delirieren lassen und sich in mich eingegraben. Aber ich habe ihr einen Tritt verpasst, bin ihr entkommen und wieder aus der Grube gestiegen. Hier bin ich." Dann lachte er, seine pockennarbigen Lippen öffneten sich und entblößten seine Zahnlücken.

Der arme Antonio ist um zwanzig Jahre gealtert. Er hat fast alle Haare verloren und die wenigen verbliebenen sind weiß geworden, das Gesicht ist zerfurcht und die Augen sind gerötet. Er ist nur noch Haut und Knochen, atmet keuchend und ist schon nach wenigen Schritten so schlapp, dass er sich setzen muss.

Er tat mir sehr leid. Gleichzeitig hatte ich aber auch große Angst, dass ich mich anstecken könnte. Aber er lachte nur: „Alle können dich anstecken, nur ich nicht, dein Cousin Antonio, denn ich habe die Lungenpest überstanden, da kannst du beruhigt sein."

Ich habe ihm sofort Hammelfleisch mit Brennnesseln gekocht und eine *cuccià* gemacht, einen Nachtisch aus gekochtem Buchweizen mit Ricotta und Rosinen. Giuseppa war sehr vorsichtig und hielt sich von ihm fern. Obwohl ich ihr erklärt habe, dass ein von der Pest Geheilter nicht mehr daran erkranken und auch niemanden mehr ansteckеn kann. Hoffen wir, dass sich Antonio hier auf dem Land wieder ganz erholt.

Er hatte viel Leidvolles zu berichten, so hieße es zum Beispiel, die Giftsalber würden wegen ihrer Todessehnsucht die Pest in der Stadt verbreiten. Er sagt, dass er das nicht glaubt, bekreuzigt sich aber jedes Mal, wenn er von ihnen spricht.

Er hat mir auch erzählt, dass Giuseppas Schwester Carmelina in meinem Haus gestorben ist, von allen vergessen. Als der Hausmeister sie gefunden hat, war sie schon halb von Mäusen zerfressen. Zum Glück hat Giuseppa das nicht erfahren. Ich habe ihn gebeten, ihr diese schreckliche Geschichte nicht zu erzählen, um sie nicht noch mehr leiden zu lassen.

In diesen Zeiten von Tod und Schmerz, meine liebe Agata, spüre ich, dass der einzige Zufluchtsort meiner Seele, meine einzige Sicherheit, wie es weitergeht, die Freundschaft zwischen uns ist. Wir sollten alles tun, dass diese Freundschaft nicht zerstört wird, das wäre eine unverzeihliche Sünde. Ich weiß, dass ein schwieriger Weg vor uns liegt. Aus scheinbar vertrockneten Zweigen sprießen winzige grüne Blätter. Von diesem wieder erblühenden Garten hängen dein und mein Leben ab.

In Liebe, Annuzza

Die Drucklegung erfolgte mit freundlicher Unterstützung durch die Abteilung für deutsche Kultur in der Südtiroler Landesregierung.

AUTONOME PROVINZ BOZEN SÜDTIROL
PROVINCIA AUTONOMA DI BOLZANO ALTO ADIGE
Deutsche Kultur

Mit freundlicher Unterstützung des Ministero degli Affari Esteri e della Cooperazione internazionale, Rom.

TransferBibliothek CLVI

Die Originalausgabe ist 2020 im Verlag Rizzoli, Mailand, unter dem Titel *Trio* erschienen.

Das Umschlagmotiv zeigt ein Detail des Gemäldes „Metamorphozy“ von Andrey Remnev.

Korrektur: Joe Rabl
Grafische Gestaltung: Dall'O & Freunde
Druckvorbereitung: Typoplus, Frangart
Printed in Europe

ISBN 978-3-85256-827-0

www.folioverlag.com

E-Book ISBN 978-3-99037-119-0